La Hutte de Habe

Translated to French from the English version of Habe's Hut
by Arien Gomes

Bajruzin Hajro Planjac

Ukiyoto Publishing

Tous les droits d'édition mondiaux sont détenus par

Ukiyoto Publishing

Publié en 2024

Contenu Copyright © Bajruzin Hajro Planjac

ISBN 9789362690227

Tous droits réservés.
Aucune partie de cette publication ne peut être reproduite, transmise ou stockée dans un système de recherche documentaire, sous quelque forme que ce soit et par quelque moyen que ce soit, électronique, mécanique, photocopie, enregistrement ou autre, sans l'autorisation préalable de l'éditeur.

Les droits moraux de l'auteur ont été revendiqués.

Ce livre est vendu à la condition qu'il ne soit pas prêté, revendu, loué ou diffusé de quelque manière que ce soit, à titre commercial ou autre, sans l'accord préalable de l'éditeur, sous une forme de reliure ou de couverture autre que celle dans laquelle il est publié.

www.ukiyoto.com

Contenu

Prologue	1
Nom	3
Funérailles	8
Ramadan	11
Jardin	13
Hutte	16
Champignons	19
Kurban	22
Bottes	26
La boîte aux lettres	30
Oncle	34
Pastèques	37
Kmezo	41
Chasse	44
Les chaussures	48
Le rédacteur	51
Petite ville	54
Pièce d'or	58
Cookies	60
Médine	63
Parti	66
Fićo	70
Salaires	74
Crédits	78
Emploi	82
Svjetlana	89
Le feu	94
A propos de l'auteur	*96*

Prologue

Parfois, je ne me souviens pas de ce qui s'est passé il y a deux, trois ou cinq ans, mais je me souviens des moindres détails du jardin de mon enfance : les premiers jouets, les premiers achats, les premiers amis et le premier amour. Et aujourd'hui encore, dans tous les recoins de mon âme, il y a des traces gravées de mon enfance. Plus tard, ils ont pris mes champs, ma rivière sur laquelle flottent maintenant des déchets, des clairières sur lesquelles jouent d'autres enfants, des prairies, la hutte de Habe...

Le papillon coquin et la luciole infatigable étaient mes compagnons, j'étais inséparable des agneaux dorés, je passais des heures avec le veau malingre et le chien enjoué Kibo. À Pousorje, j'ai été accueilli par l'hirondelle, le saule, le grillon, les champs, le soleil et l'herbe. Dans les marais autour de la hutte de Habe, je connais chaque herbe. Ma marche sur la lune argentéelumière de Pousorje a été reconnue par les grillons, les fourmis, les cerfs et les chiens. Heureux ceux qui savent profiter de leur enfance. Encore plus heureux sont ceux qui ont prolongé leur enfance un peu plus, l'ont écrite, l'ont transformée en livre et ont partagé ce bonheur avec leurs lecteurs et ont parcouru avec eux les champs communs de l'insouciance et du bonheur de l'enfance. De même, pour invoquer la mémoire du passé, fouillez chaque coffre de souvenirs et le moment de les savourer. Pour jeter un coup d'œil dans chaque salle de classe, dans chaque cartable, dans chaque devoir écrit, dans chaque cours de mathématiques, pour jeter un coup d'œil dans la mémoire du premier amour, dans les premières lettres et notes d'amour.

Et puis les devoirs et obligations de la vie m'ont pris, pleins de travailries et de peurs que j'ai dû affronter. Il y avait parfois moins de tâches, parfois plus, mais toujours juste assez pour me priver de mon temps de repos, sans parler du temps nécessaire pour jouer avec mes enfants, dans leur enfance. J'espère avoir plus de temps pour jouer avec mes petits-enfants.

Souvent, je me souviens de mon enfance et j'en suis triste. Je suis triste qu'il n'ait pas duré plus longtemps. Aujourd'hui encore, je regarde les pages de mon enfance, écrites il y a longtemps, mais encore fraîches. Simplement, l'homme n'y croit pas. De nombreuses années se sont écoulées, près d'un demi sièclery. J'ai traversé des dizaines de pays, des centaines de villes et des milliers de kilomètres en emportant avec moi les passages de mon enfance.

Aujourd'hui encore, dans la pause de la course avec la vie, je suis éclaboussée par la vague d'un bonheur d'enfance presque oublié. Mais, juste pour le moment. Et ce moment me suffit pour m'inspirer le pouvoir, la puissance, la volonté et l'imagination que j'avais autrefois lorsque j'étais jeune. Je suis certain d'être sur la voie qui me permettra de ressentir à nouveau ce moment. C'est pourquoi j'ai peur de ne pas perdre cette piste.

Nom

À ma naissance, on m'a donné un nom. Puis ils m'en ont donné un autre, de sorte que j'étais le seul garçon à porter deux noms. En fait, les autres garçons avaient un nom, certains même un surnom, et moi j'avais deux noms, un pour les livres et un autre pour l'usage quotidien.

Je suis né un dimanche juste avant Bajram, deux jours avant le début du printemps, cette année où l'homme a enfin posé le pied dans l'espace. Ma naissance a eu lieu dans une vieille maison à Bobare, près de l'ancienne Tešanj, dans la vallée fertile de Pousorje.

Le père Salko et la mère Alema, fille d'Ibrahim, ainsi que deux sœurs, étaient très heureux de me voir.

Mon lit était plein de l'argent que les gens nous avaient offert, à moi et à mes parents, plein comme un arbre de poires mûres dans le jardin de mon oncle.

- Salko et Amela auront leur successeur.

- Reconnaissance à Allah de leur avoir donné un garçon !

- Qu'il devienne un homme sain et fort !

- Que Dieu fasse de lui un enseignant ! - Nos voisins, les amis de mon père et de ma mère, les parents parlaient de tout cela au-dessus de mon lit, priant pour que je réponde aux attentes et devienne la fierté de mes parents.

Visiblement en pleine forme, certains riaient et souriaient même. Ils devaient certainement être les amis de notre famille.

Pour que je sois gentil, éduqué et intelligent, ma mère m'a donné le nom de Bajruzin.

Bajruzin était enseignant dans mon village. Grand et beau, deux yeux ne peuvent pas le voir assez, c'est ainsi que les filles de mon village l'ont décrit. L'instituteur revient de l'armée et on lui confie un service à Bobare. Les gens disaient qu'il était originaire de l'est de la Bosnie et qu'il était le meilleur professeur de sa génération. Chaque jour, il devait passer deux fois au bout du village pour se rendre à l'école. Les filles du village l'aimaient bien et voulaient le rencontrer, mais chaque fois qu'elles le voyaient, elles devenaient rouges.

En tant que premier enfant mâle d'un mariage qui n'était pas stable, j'étais cher et intéressant pour tout le monde dans la maison. J'ai mentionné le mariage instable de mes parents, parce que plus tard, lorsque j'ai grandi, j'ai souvent été témoin des disputes et des désaccords dans lesquels ma mère était toujours le côté qui souffrait le plus. Mon père travaillait à Željezara, une entreprise de la ville de Zenica, et son travail était très difficile et épuisant. Il n'était à la maison que le dimanche et pendant les vacances, et il était souvent ivre lorsqu'il rentrait. Dès la porte, il a vu ma mère qui essayait de m'endormir, et alors qu'il était presque ivre, il lui a demandé :

- Est-ce notre nouvel enfant ?

La mère a hoché la tête en signe de confirmation et, tout en continuant à prier, a essayé de cacher un sourire joyeux.

- Et qu'est-ce que c'est ? - manifestement excité, le père demande à nouveau, s'attendant à ce queréponde tôt ou tard.

La mère tente de cacher son sourire en priant : subhanalla, subhanallah, subhanallah.... trente trois fois. Après que la mère a fini de prier, le père demande à nouveau :

- Qu'est-ce que c'est ? Qu'avez-vous fait ? Est-ce un garçon ?

- Oui, c'est un garçon - dit fièrement la mère, cette fois-ci sans essayer de cacher son sourire et sa joie. Puis elle s'est assise sur le canapé.

- Super ! - dit le père en prenant son cigare et son briquet, puis en allumantson cigare avec joie et fierté. Il était évidemment très fier et heureux d'avoir un fils.

- Dieu merci, j'ai maintenant un fils. Un grand fils ! Maintenant, ils ne me demanderont plus pour qui je travaille si dur. Je travaille dur pour mon fils ! Pour mon garçon !

- Quel nom lui avez-vous donné ? - demande mon père à ma mère, tout en buvant un alcool fort.

- lui dit la mère de Bajruzin après une longue pause, tout en replaçant ses cheveux noirs sous le foulard.

- Quoi ? demande encore le père en faisant semblant de ne pas avoir entendu.

- Bajruzin ? - lui répéta sa mère, mais cette fois sa voix était nerveuse, une voix si faible et incertaine comme le drap emporté par le vent.

- Bajruzin ?! - hurla le père en reprenant sa boisson alcoolisée et en la buvant bien plus qu'il y a quelques minutes. Il n'était pas en bonne forme.

- Jah- mère a ajouté et s'est tue.

C'est alors que survient la longue et difficile pause dans leur conversationtion. La petite flamme de la lampe à pétrole parlait à leur place. Il pleuvait dehors et les gouttes de pluie créaient une agréable mélodie. Père, évidemment, n'aimait pas le nom que mother m'avait donné. Il était jaloux du professeur. Pourquoi son fils unique doit-il porter le nom du maître ? Il prend sa boisson alcoolisée et la boit jusqu'à la dernière goutte.

Les jours s'alignaient les uns sur les autres, comme les perles du collier que mon père a offert à ma mère lorsqu'il l'a demandée en mariage. Mon père jouait souvent avec moi, mais il ne m'appelait jamais par le nom que ma mère m'avait donné. Pour lui, j'étais Hajrudin, Hajro. Il m'a appelé par ce nom toute sa vie.

- Tu seras un bon et intelligent élève. Vous serez professeur - mother ajouté sans souci.

C'est alors que mon père devient tout rouge. Il a repris son cigare et a commencé à faire de grands cercles avec la fumée du cigare qui traversait notre chambre.

- C'est parti ! Nous sommes déjà en retard ! - nous dit le père en ouvrant une porte.

Nous avons donc commencé à marcher jusqu'à notre école. J'ai sauté sur la route en tenant la lourde main de mon père.

Des enfants criaient et jouaient devant l'école. Au bout du couloir se trouve la salle des professeurs. Mon père a frappé à la porte et nous sommes entrés. Devant la table, sur une vieille chaise instable, le professeur est assis. Il était grand et beau ; deux yeux ne peuvent pas le voir assez. C'est ainsi que les villageoises le décrivaient.

- Quel est le nom de notre nouvel élève ? demande le professeur en nous regardant.

Je voulais dire Bajruzin, mais mon père m'a tiré la main et l'a pressée si fort que j'ai failli pleurer. Le grand bâtiment de l'école, l'immense cour de récréation, les nombreux élèves et le professeur m'ont laissé perplexe. Je ne sais pas pourquoi, j'ai même eu un peu peur, mais juste sur le moment. Après une petite pause, mon père lui a dit :

- Hajrudin Hajro Planjac.

Le professeur a posé son stylo sur la table devant lui, a souri un peu en montrant ses dents blanches, a passé ses doigts dans ses beaux cheveux bleus, puis a reposé la question d'une voix douce :

- Vous avez dit Bajruzin ?

- Hajrudin ! Hajro Planjac ! - lui dit encore son père, cette fois avec colère.

Le sourire a disparu du visage de l'enseignante. Il prend son stylo et écrit le nom de Hajrudin. Il a également écrit des informations sur moi qui étaient nécessaires. Huit ans plus tard, lorsque je suis allé m'inscrire au lycée de Doboj, j'y suis allé sans mon père et ma mère. Dans mon acte de naissance, mon nom était Bajruzin, et dans mon diplôme d'école primaire, mon nom était Hajrudin. Dans le bureau de la réception se trouvait mon professeur de l'école primaire, aujourd'hui professeur de mathématiques, Bajruzin.

- Quel est votre nom ? - m'a demandé le professeur en souriant, et sur ses cheveux bleus, on pouvait voir que de nombreuses années s'étaient écoulées.

- Bajruzin Hajro Planjac - J'ai répondu en lui donnant mes documents pour l'enregistrement.

Funérailles

Le printemps a déjà déposé ses tapis de fleurs à travers les champs fertiles de Bobare et les papillons colorés ont joué à des jeux de pneus-moins intéressants tout au long de la journée. Une merveilleuse odeur de fleurs se répandait partout. Le chant des oiseaux pourrait être la carte de chaque arbre. Un oiseau jouait sur l'arbre dans le jardin de l'immeuble où, derrière l'ancien entrepôt, mon oncle Adem-aga discutait avec Hadzi-Husein.

- Mauvais ! Le jeune homme sera pressé !

- Qu'est-ce qu'on peut faire ? Allah l'a voulu, et c'est ce qui s'est passé. L'homme exploite sa chance tant qu'elle dure. Tant qu'Allah vous donne de la chance, vous vivez. Il en fut ainsi et il en sera ainsi jusqu'à la fin du monde.

- Quand aura lieu l'enterrement ? - demanda Hadzi-Husein à mon oncle, tout en fumant sa pipe à tabac. Cette pipe lui a été apportée par son soleil de Russie, alors qu'il y travaillait, et depuis lors, hadzi-Husein l'a toujours utilisée. Surtout depuis qu'il est devenu veuf. Il est toujours en train de fumer et de cracher.

- Le vendredi, après la prière d'ikindija, mon oncle lui a répondu en façonnant le morceau d'arbre avec son couteau. J'ai ressenti le sérieux-ness et la tristesse de leur conversation.

C'était déjà le coucher du soleil, et le soleil colorait tous les arbres, les jardins et les champs de sa belle couleur. Je me tenais derrière le vieux magasinet j'écoutais la conversation de mon oncle et de hadzi-Husein. J'étais curieux de savoir comment ce jeune homme pouvait être enterré. Je le verrai demain après la prière d'ikindija. Demain, c'est vendredi, me disais-je.

Demain après-midi, une grande foule se tenait devant la maison du vieux Mahmut-aga, principalement des adultes. Il n'y avait pas d'enfants. Poussé par la curiosité, je suis alléde l'autre côté du buisson et j'ai rampé près de la maison pour voir ce qui se passerait après la prière d'ikindija. Les membres de Mahmut-aga étaient dans leur maison et pleuraient. Une femme au gros ventre se tortillait les cheveux et criait : "Mon cher Sinan, mon cher Sinan !".

Je me cachais maintenant derrière la clôture et je pouvais voir clairement toute la cour de la maison de Mahmut-aga.

Une longue limousine noire entre lentement dans la cour et s'y arrête. A son arrivée, les femmes se sont mises à pleurer encore plus. Une femme est tombée dans la cour. Une autre femme l'a aidée à se lever et lui a donné de l'eau. Les gens ont sorti un grand cercueil et quatre hommes l'ont emmené dans la maison. Entre-temps, d'autres personnes sont arrivéesdans la cour.

Ils sont tous très sérieux et ont été touchés par ce triste événement.

Plus tard, ils ont sorti le cercueil de la maison. Les gens arse sont rangés en deux lignes et ont commencé à porter le cercueil en le donnant à l'homme suivant dans la ligne. Ceux qui l'ont donné à l'homme suivant dans la file d'attente sont allés au bout de la file et ont attendu à nouveau leur tour. J'ai vu mon oncle et hadzi-Husein dans la file d'attente, comment ils marchaient le long de la file. Ils étaient âgés et avaient du mal à marcher, mais ils voulaient quand même aider à porter le cercueil.

Les pleurs des femmes se sont amplifiés lorsque des personnes ont emporté le cercueil dans la cour de la maison de Mahmut.

J'étais accroupi dans le buisson, regardant, les yeux grands ouverts, me demandantpour la centième fois ce que font tous ces gens à Mahmut. Pourquoi ont-ils besoin du cercueil noir et que transportent-ils dans le cercueil ?

Tandis que les gens se déplaçaient avec le cercueil, je me trouvais de l'autre côté du vieux buisson, rampant lentement jusqu'à la mosquée. Dans la cour de la vieille mosquée, il y avait au moins deux fois plus de monde que dans la maison de Mahmut. À un moment donné, l'imam a mis tout le monde en rang et a commencé à prier. Le cercueil a été placé devant la maison, et plus tard, les gens ont placé le cercueil dans le grand trou qui avait été creusé plus tôt. Une fois le cercueil placé à l'intérieur du trou, ils ont immédiatement commencé à le combler. After cela, tous les gens sont rentrés chez eux, et je suis resté seul, toujours caché dans la brousse. Je me suis approché de la tombe et j'ai vu des lettres et des chiffres. Puis j'ai réalisé qu'il s'agissait d'un enterrement. J'ai compris sousce que mon oncle Adem-aga a dit hier à Hadzi-Husein : "Le jeune homme devait aller sous la terre".

Voici donc l'endroit où le fils de Mahmut, Sinan, a été enterré. C'est son enterrement.

Qu'Allah lui fasse miséricorde.

Ramadan

Demain, c'est le début du Ramadan - dit Sehid alors que nous sommes allongés sur l'herbe devant la hutte des Habet et que nous observons le jeu des papillons.

La rosée était sur l'herbe, et elle brillait comme les diamants sur le soleil heureux qui illuminait Bare. Des papillons insouciants jouaient sur les fleurs et nous pouvions entendre le chant des oiseaux quelque part au loin.

- Je vais jeûner - dit Selim - Jusqu'à présent, je n'ai jamais jeûné. Désormais, je le ferai, c'est une bonne action.

- Moi aussi - a ajouté Hamdija - j'ai jeûné, mais je n'ai jamais jeûné pendant tout le Ramadan. Cette fois-ci, je jeûnerai pendant tout le mois de Ramadan.

- Je jeûnerai aussi - j'ai dit - je n'ai jamais jeûné. Maintenant, je le ferai. Je ne pourrai peut-être pas jeûner tout le mois, mais j'essaierai.

Lorsque je suis rentré chez moi, alors que la mère était occupée à repairer le pantalon du père, je lui ai dit que je jeûnerai ce Ramadan :

- C'est bien, mon fils, que j'aie vécu ce jour où j'ai un fils qui jeûne - ma mère me l'a dit en pleurant.

- Oui, je le ferai, et je préparerai un bon repas pendant Ramadan.

J'étais heureux que le Ramadan arrive. J'étais heureux de vivre le moment où ceux qui ont jeûné pourront manger leur repas avec joie, sachant qu'ils ont accompli leur devoir. J'étais heureux d'êtrecar pendant le Ramadan, maman ne préparait que les meilleurs repas et la meilleure nourriture, et elle ne préparait pas la nourriture habituelle qu'elle avait pendant le reste de l'année. J'étais heureux de voir les lumières de la mosquée qui signalaient la fin du jeûne, et la voix de l'imam qui signalait le début du jeûne. Je me suis aussi réjouià cause du moment où mon père attend anxieusement la fin du jeûne, en regardant sa montre et en disant :

- Encore quelques minutes et nous pourrons commencer notre repas.

J'ai également été ravie de savoir que juste après le Ramadan commence uneautre grande fête, le Bajram. C'est une fête où les adultes font des cadeaux à leurs enfants. J'attendais avec impatience les cadeaux que je recevrais de mes proches, mon oncle, mon grand-père et ma grand-mère. Ma mère m'a dit qu'il ne peut y avoir de Ramadan sans Bajram, ni de Bajram sans Ramadan.

- Allons prendre le petit déjeuner, il est temps - maman nous appelait à l'oreillely avant le lever du soleil. Dans la cuisine, d'où provenaient toutes ces belles odeurs, le père, la mère et les deux sœurs étaient assis.

- Frère, tu ne dois pas manger aujourd'hui, si tu jeûnes, sais-tu que... - ma plus jeune sœur me le disait, en prononçant à peine les mots sur.

- Eh bien, notre frère mange tellement au petit-déjeuner qu'il peut jeûner tout le Ramadan avec cela. - a répondu ma sœur Sadika.

J'ai donc pris l'engagement auprès de Dieu de jeûner ce premier jour. J'ai fait ma prière du matin et, tout excité, je me suis endormi.

J'ai jeûné pendant tout le Ramadan et j'étais heureux et satisfait d'y être parvenu.

Jardin

Ma mère a passé toute sa vie dans le jardin, du début du printemps à la fin de l'automne, du matin au soir, cultivant chaque jour les légumes et les fruits.

Le jardin était proche de notre maison, d'une superficie de 10 acres et il s'agissait d'une terre fertile. Maman pouvait faire son travail sans être dérangée, et en même temps elle pouvait nous surveiller attentivement, nous et nos jeux dans la cour de la maison. Parfois, elle voulait nous effrayer pour que nous n'allions pas sur la route voisine, et elle nous criait dessus :

- Ne sortez pas ! Jouez devant la maison ! - et elle continuait à faire son travail. Son travail contribuait largement au budget de notre foyer et, avec le petit salaire de son père, cet argent devait permettre de nourrir les six membres de la famille. Le travail de notre mère nous donne assez d'argent pour acheter mes chaussures, les robes de mes sœurs, des livres et même du bois et d'autres choses pour la maison. Notre jardin a été nourri à l'adresse.

Au début du printemps, ma mère bêchait tout le jardin pour pouvoir ensuite planter les différents légumes dans le champ. Au bout d'un certain temps, elle vendait de nombreuses variétés de légumes aux acheteurs. Nos voisins venaient, ainsi que des gens d'autres villages, pour acheter les produits de ma mère Alema. Elle sourirait et jouirait des fruits de son dur labeur. De temps en temps, un grand sourire éclaire tout son visage.

À la fin de la journée, lorsqu'elle était fatiguée, elle finissait de prier, puis après avoir compté combien d'argent elle avait gagné ce jour-là et nous avoir demandé si nous avions fait nos devoirs, elle allait se coucher pour dormir.

Elle se levait le matin avant le lever du soleil et, après avoir terminé sa prière matinale, elle arrosait ses plantes avec l'eau du Haso.

Un après-midi, alors que nous surveillions le bétail dans les champs et que nous nous reposions devant la hutte de Habet, des nuages noirs sont soudain apparus, suivis d'un vent violent. Le soleil ne pouvait pas être vu à cause des gros nuages noirs, et soudain comme le jour s'est transformé en nuit. Le ciel est devenu effrayant. On aurait dit que le ciel allait descendre et presser la terre. Et puis il s'est mis à pleuvoir.

Sœur Minka pleurait en essayant de rassembler nos moutons. Je me suis souvenu des tonnerres que j'écoutais couverts de couettes, et j'ai eu l'impression que les tonnerres me poursuivaient et frappaient le sol autour de moi. Les personnes âgées ont rassemblé et déplacé leur bétail. Refko, Sehid, Hamdija et moi-même avons également rassemblé et déplacé notre bétail. De fortes gouttes de pluie, mêlées au tonnerre, ont commencé à la transformer en boules de glace. Nous avons réussi, tant bien que mal, à amener le bétail à la ferme. Nous pouvions entendre le bruit des boules de glace frappant le toit de notre ferme.

D'abord de la taille du maïs, puis de la taille de la noix, des œufs et enfin de la taille des pommes de Mahmut. Je regardais par les portes ouvertes comment les boules de glace brisaient le toit de la maison.

Ma sœur crie en montrant sa main :

- Le jardin de la mère ! Les plantes de la mère !

Récemment vert et cultivé, plein de vie, déjà préparé et prêt à donner ses premiers fruits, le jardin a disparu. Il a disparu. Pas une seule plante, pas un seul fruit. Tout a volé en éclats.

J'ai pensé à ma mère. Elle m'a promis des chaussures, des pantalons, des livres, des bois pour l'été, des robes pour ma sœur. Où est ma mère maintenant ?

Observe-t-elle la tempête par la fenêtre ? Pleure-t-elle ? Peu après, le vent a dispersé les nuages et la journée a de nouveau été ensoleillée. Le ciel était bleu et le soleil éclairait toute la vallée.

Je suis entré dans la maison. Ma mère était assise sur le canapé et priait. Il me semblait que chaque plante détruite laissait une ride sur le visage de ma mère, ou provoquait un nouveau cheveu gris. Son look était cloué au jardin. Elle ne sourcille même pas. Elle ne m'a pas remarqué. Elle était blanche.

Cet automne-là, je n'ai pas reconnu ma mère. Elle est devenue silencieuse et fermée au monde extérieur et a commencé à tomber malade plus souvent.

Depuis, c'est une autre femme.

Hutte

Le nom de mon village, Bobare, est probablement dérivé du mot Bare, et Bare est un champ immense et plat dans mon village. Autrefois, c'était un aérodrome, mais je me souviens qu'un seul hélicoptère y a atterri.

Du début du printemps à la fin de l'automne, nous faisions pâturer notre bétail à Bare (des bergers de Drincici, Piljuzici et Cemani y gardaient également leur bétail) et c'est sur ce terrain que nous avons passé les jours les plus mémorables et les plus heureux de notre enfance.

Il était facile de surveiller notre bétail car on ne pouvait aller nulle part à partir de Bare, et l'herbe à Bare était la meilleure. Nous avons joué à de nombreux jeux différents tout en gardant le bétail, comme le football ou tout autre jeu que nous pouvions imaginer. Du coucher au lever du soleil, nous avons concouru dans toutes les disciplines sportives. Après un jeu qui nous a beaucoup fatigués, nous avons déjeuné d'un morceau de tarte et d'un peu de lait, mais nous avons rapidement eu faim car ce n'était pas suffisant. Sejo et Selim ont apporté des pommes de terre de chez eux. La pomme de terre était aussi grosse que la plus grosse pomme de Munib. Notre tâche était difficile car pour préparer les pommes de terre à manger, nous devions trouver du bois pour faire du feu, mais il n'y avait pas un seul morceau de bois à Bare.

Dans la partie inférieure de la Bekovace, il y avait une hutte d'Adem Jasarevic, appelé Habe, et c'était un homme mauvais et en colère. Il y avait un jardin dans lequel il cultivait et plantait les pastèques les plus délicieuses. Aucun d'entre nous n'a jamais réussi à goûter ou à manger ne serait-ce qu'une seule tranche de pastèque du jardin de Habe. Ses pastèques étaient très chères, mais c'étaient les meilleures.

C'était la fin de l'automne doré et il n'y avait pas de pastèques dans son jardin, nous n'avons donc pas pensé à ses délicieuses pastèques. C'est bientôt l'après-midi. La forêt environnante avait une couleur dorée et le vent jouait avec les arbres et les feuilles. Le bœuf arrachait le com, et les ouvriers du champ étaient heureux car la récolte était bonne. Tout près, il y avait cette vieille cabane, dans laquelle Habe se reposait avec

son gros chien qui protégeait son jardin. Sehid et moi sommes allés à la cabane chercher du bois pour faire un feu. Il n'y avait rien. Nous avons cherché, mais en vain. Sehid regardait une planche instable qui pouvait être facilement arrachée.

- Peut-être pouvons-nous le prendre ? - dit-il.
- Retirez-le alors. -J'étais d'accord, mais je ne sais pas pourquoi.

Au bout d'un certain temps, nous avons collecté de nombreuses planches. Nous ne pouvions même pas les emmener tous avec nous.

- Nous devrions en prendre deux autres sur le toit - dit Sehid et il monte sur le toit.

Je l'ai suivi. Nous arrachions des planches qui étaient clouées.

Emporté par le travail, je n'ai même pas remarqué qu'une main s'est emparée de mon collier. J'ai eu peur, je me suis retourné et j'ai vu le visage en colère et les dents noires de Habet. Il me tenait dans une main, et il tenait Sehid dans l'autre.

- Vous, les voleurs, quand j'en aurai fini avec vous, vous ne volerez plus jamais rien à personne.

Nous avons essayé de nous libérer, mais cela n'a pas fonctionné. Habe avait des mains fortes et musclées et il nous a entraînés vers sa maison. Il nous a placés dans sa cave obscure et nous y a enfermés. Il était midi et il faisait très beau. Le sous-sol était sombre et la lumière du soleil ne pouvait y pénétrer. Lorsque la nuit est arrivée, nos parents ont fait de même. Ils sont venus avec Habe et ont conclu un accord pour que Habe nous laisse sortir, et ils lui ont promis que cela ne se reproduirait plus.

Dès que nous avons franchi le seuil de la cave de Habe, un bâton que mon père tenait dans ses mains s'est soudain retrouvé sur mon dos et mon père m'a roué de coups.

Mais quelques années plus tard, le vieux Habe est mort et Sehid, Sejo, Selim, Hamdija, Refko et moi-même avons emménagé dans le chapeau et y avons passé quelques années. Nous avons gardé cette cabane en mémoire. Nous le portons sur nous comme une sorte d'amulette. Cette cabane est toujours avec nous ou nous sommes avec elle.

Champignons

Après avoir joué à de nombreux jeux d'enfants, pendant que le bétail était au champ, nous nous sommes reposés à l'ombre d'un chêne centenaire près de la hutte de Habet.

C'est la fin de l'après-midi. Il n'y avait pas un seul nuage dans le ciel. Le ciel bleu et la lumière chaude du soleil étaient magnifiques, et toute la vallée de Pousorje était illuminée. L'air était chaud. Il n'y avait pas de vent, nous ne pouvions donc pas espérer de l'air frais. Sejo, Selim et Hamdija plaisantaient sur les dépenses de Sehid et sa sympathie.

- Laissez tomber les garçons. Je voudrais vous demander si vous avez déjà mangé des champignons. Je l'ai fait, les gars, hier je suis allé avec mon oncle à Svrza bosket pour ramasser des champignons. Je peux vous dire que les champignons sont bien meilleurs que la viande. - Sehid nous l'a dit.

Nous nous sommes regardés l'un l'autre, tentés par cette idée.

- Refko peut s'occuper du bétail et le laisser préparer un feu, et nous pouvons aller à Svrza bosket pour ramasser des champignons - nous a dit Sehid, qui, comme d'habitude, avait un plan.

Nous nous sommes regardés et nous sommes tombés d'accord instantanément. Un bosket de Svrza se trouvait près de Bare et Tuke, où nous gardions notre bétail. À la lisière de la brousse se trouvait une source froide appelée Studenac, utilisée en été par les personnes qui travaillaient dans les champs et dans la forêt à proximité. C'était la meilleure source d'eau. À l'exception de Sehid, nous étions tous novices et, pour la première fois, nous sommes entrés dans le Svrza bosket, et pour la première fois, nous avons cueilli des champignons. Il est le seul à connaître les champignons, même si nous en doutions.

- C'est bon, Sehid ? lui demande Selim en montrant deux champignons blancs.

- Oui, oui. Ce sont les meilleurs. Ne ramassez que ce genre de champignons ! - Sehid nous l'a dit et nous avons continué à marcher dans le paisible bosquet de Svrza.

- Est-ce qu'ils sont bons ? - demandent Seno et Hamdija à voix haute.

- Oui, oui. Ceux-ci sont comestibles. Ce sont les meilleurs ! - a répondu Sehid, qui ne l'a même pas regardé.

En un rien de temps, nous avons ramassé trois sacs remplis de champignons, nous avons versé de l'eau de source froide et nous nous sommes dirigés vers la cabane.

Refko prépare le feu devant la hutte de Habet. Tout était prêt pour cuire les champignons pour la première fois dans nos vies.

- Préparez vos tiges pour que nous puissions cuire nos champignons comme des broches - nous dit encore Sehid, démontrant son habileté à préparer les champignons. Nous nous sommes mis d'accord. Nous avons préparé nos champignons comme des broches et nous avons pris place autour du feu, déjà affamés.

C'était déjà un coucher de soleil, le soleil disparaissait derrière les collines de Borja. Un avion a divisé le ciel en deux parties, son jetstream se déplaçant du nord vers le sud.

- Les champignons sont bons ! - nous dit Hamdija en nous montrant le bétail et ses deux vaches.

- Tu pourrais avoir un veau au printemps - lui a dit Selim, tout en savourant et en mangeant des champignons. Il a avalé un peu de champignon, et il a manifestement apprécié : - Ils sont si délicieux. Mieux que la viande.

- Oui. Comment se fait-il que nous n'ayons jamais entendu parler des champignons ? Nous avons goûté à tant d'aliments différents, nous sommes allés dans tant de jardins et de champs différents pour prendre de la nourriture, mais nous n'avons jamais goûté ou mangé de champignons - a ajouté Sejo.

Peu après, nous avons mangé tous les champignons. Nous avons ensuite éteint le feu pour qu'il ne se propage pas, bien qu'il n'y ait ni forêt ni maison aux alentours, puis nous avons déplacé notre bétail vers la maison.

J'ai transféré mes vaches et mes moutons dans la ferme. La mère apporte bientôt à la maison le lait frais qu'elle vient de traire.

- Dînons sous le porche ! - m'a dit ma sœur en préparant une salade.

Je ne peux pas manger, je n'ai pas faim. J'ai mal à l'estomac ! -J'ai répondu à ma sœur et j'ai commencé à me tordre sur le canapé parce que j'avais mal.

- Qu'est-ce qu'il a ? -J'ai entendu une mère parler.

- Il n'a jamais quitté un dîner, qu'est-ce qui ne va pas ?

- Il m'a dit qu'il avait ressenti une douleur à l'estomac ! - lui dit sa sœur Sadika. Après le dîner, ma mère m'a apporté mes gâteaux préférés. Quand elle m'a vu tordu, elle s'est inquiétée et m'a demandé :

- Qu'est-ce qui ne va pas, mon fils ? Avez-vous mangé quelque chose de mauvais ou de toxique ? N'avez-vous pas... ?

Des champignons, me suis-je souvenu. Cela doit provenir des champignons de Sehid. Ils doivent certainement être vénéneux.

- Qu'as-tu mangé ? - me demande ma mère.

- Des champignons - ai-je répondu.

Je l'ai vue et elle est allée le dire à mon père :

- Emmène-le, Huso, chez le médecin pendant qu'il n'est pas trop tard. Ils ont fait cuire des champignons sur Bare. Dieu sait quel genre de champignons. Ils ne connaissent rien aux champignons. Des enfants de Ka- losevic sont morts à cause de champignons vénéneux.

Les douleurs à l'estomac n'ont pas cessé. Mon père est bientôt venu avec mon oncle. Ils m'ont conduit en ville chez le médecin, qui a décidé que je devais rester à l'hôpital. Mais à l'hôpital, j'ai été surpris de voir Refko, Hamdija, Sejo, Selim et Sehid. Ils ne parlent pas, surtout Sehid.

Quelques jours plus tard, nous sommes rentrés chez nous. Sehid a alors reçu le surnom de MUSHROOM. Bientôt, tout le monde l'appelait Sehid MUSHROOM.

C'est ainsi qu'on l'appelle encore aujourd'hui.

Et il n'est pas en colère pour autant.

Kurban

Regardez, regardez, là, ils veulent abattre notre Benac pour le kurban ! - m'a dit ma sœur quand je suis revenue avec Sehid, Refko, Hamdija et Selim de Bajram-prière.

Je suis entré en courant dans la maison et je me suis approché de la fenêtre pour le voir. Vraiment, papa a emmené notre bélier sous l'arbre à noix, où Rifo attendait avec un grand couteau à l'allure dangereuse.

Notre Benco, le bélier le plus fort de notre village, a suivi mon père qui le traîne, semblant presque savoir ce qui l'attend. Il m'a semblé, comme à ma sœur, que Benco avait peur. Cet animal intelligent et loyal refuse d'accepter sa foi. Il ne veut pas aller au casse-noix.

Mon père était fatigué, mais il a simplement remis son chapeau en place, a enlevé la sueur de son front et a soudainement tiré Benco très fortement et rapidement. Benco a bougé, il s'est presque effondré de douleur. Il tourne la tête vers la maison.

Il m'a semblé qu'il nous avait remarqués à la fenêtre et qu'il nous demandait de le libérer, de l'aider.

Ma sœur s'est mise à pleurer et s'est éloignée de la fenêtre.

- Le père veut abattre Benco. Benco est le meilleur bélier - c'est ce que je disais à ma sœur, consciente que mes paroles ne sont pas convaincantes.

- Oui, il le fera ! - a dit ma sœur en pleurant et en pleurant.

- Oui, il le fera, je le sais ; je l'ai entendu dire qu'ils préparaient Benco pour le kurban, et aujourd'hui, c'est ce jour-là. Maintenant, ils vont le massacrer. Ils le feront, vous verrez.

La neige blanche a recouvert les terres fertiles de Posuorje. Les maisons sur la colline ressemblaient à des champignons à Svrza bosket. Et de chaque maison, un petit nuage de fumée grise s'élevait vers le ciel.

Les glaçons que j'ai réussi à attraper du balcon étaient gros comme un com hybride du champ Bare. J'en attrape un. Il se brise en plusieurs morceaux dans ma main chaude. J'ai mis un petit morceau de glaçon derrière le cou de ma sœur. Elle s'est secouée et a enlevé ce glaçon, puis elle me l'a dit :

- Vous voulez faire des blagues pendant qu'ils massacrent Benco.

J'ai regardé par la fenêtre. Le brave Benco, qui n'avait peur de rien et qui était le plus beau des béliers, a été mis à terre, ses jambes ont été ligotées et un petit trou a été creusé dans le sol. À côté de Benco, mon père et le boucher Rifo se tenaient debout, et Rifo tenait un grand couteau brillant à la main, prêt à l'abattre et à laisser le sang de Benco couler dans le trou.

Je me suis éloigné de la fenêtre et je me suis assis près de ma sœur, à proximité du four chaud.

- Qu'y a-t-il, pourquoi êtes-vous si tristes ? - nous a demandé notre mère en portant deux gâteaux pour nous.

- Ils massacrent Benco ! - s'est exclamée ma sœur en sanglotant.

- Allez, ne dites pas n'importe quoi ! Allah a prescrit qu'à chaque Kurban-bajram un sacrifice doit être fait, un bélier ou une autre sorte de bétail. Il en est ainsi depuis l'époque du prophète Ibrahim. Au lieu de vous réjouir de la présence de Kurban-bajram, vous pleurez. Honte à vous ! Vous devez respecter ce qu'Allah nous a ordonné.

Ma sœur n'a rien dit. Elle a cessé de pleurer et est allée aider la mère. Je me suis souvenu du discours de notre imam sur le prophète Ibrahim qui n'avait pas de bélier à sacrifier pour le kurban et qui a donc décidé de sacrifier son fils.

- Femme, appelle-les, c'est fini ! - mon père appelait ma mère d'une voix dure.

- Allez, que Dieu vous vienne en aide, allez distribuer la viande à d'autres personnes - nous ordonne notre mère de sa voix douce.

- N'oubliez pas de dire "halalosum" lorsque vous donnez la viande aux gens ! - a ajouté la mère.

- Nous ne l'oublierons pas - nous avons répondu en portant la viande qui était autrefois notre bélier bien-aimé Benco. Nous n'étions pas tristes. Au contraire. Nous étions très heureux de pouvoir partager la viande avec nos voisins, nos cousins et nos amis. La viande de notre Benco, que ma sœur et moi avons nourri entièrement l'été dernier.

- "Kabulsum", nous disaient nos voisins lorsque nous leur avons donné la viande.

- Nous avons répondu "Halalosum".

Bottes

Le père est rentré dernièrement de son deuxième quart de travail et il est entré tranquillement dans la maison. Il commença ensuite à s'habiller, rangeant ses nouvelles bottes de mineur, puis son chapeau, sa veste et son pantalon.

D'abord lentement, puis de plus en plus fort, les ronflements de mon père ont perturbé l'harmonie de la chambre, dans laquelle nous dormions tous comme des poissons en conserve.

Je ne pouvais plus dormir. J'ai essayé de dormir, mais je n'ai pas pu m'endormir.

J'ai commencé à penser aux bottes noires de mineur que mon père avait enlevées il y a quelques instants. Je me suis dit que ces bottes étaient neuves, et que je n'avais pas porté de bottes neuves depuis longtemps. Je me suis toujours imaginé portant des bottes noires neuves et marchant dans la neige épaisse en direction de l'école.

J'ai attendu l'aube pour porter les bottes. J'ai imaginé comment je marche sous la pluie, la neige et la boue et que mes bottes sont toujours sèches à l'intérieur. Je pensais que je pourrais traverser le marais le plus profond et que mes bottes resteraient toujours sèches, que les autres garçons me jalouseraient, que je ferais l'envie de tous...

Je ne pouvais pas attendre l'aube, le temps passait si lentement et paresseusement, je me levais déjà à 5 heures du matin et commençais à préparer mes affaires pour l'école qui se trouvait à 2 ou 3 kilomètres de là. Je me suis habillée et préparée rapidement, j'ai pris mes livres et les nouvelles bottes de mon père, et je suis sortie lentement de la maison.

La première déception a été que la botte droite était trop grande. Je pourrais y mettre mes deux pieds.

- Je n'ai pas eu cette chance cette fois-ci.

Je suis retourné dans la chambre, prudemment pour ne réveiller personne. J'ai pris la boîte avec les chaussettes et je suis sorti. J'ai enfilé les grosses chaussettes épaisses de ma sœur et j'ai essayé de remettre les bottes.

Il s'en est fallu de peu. J'ai trouvé une autre chaussette dans la boîte, c'était celle de ma mère. J'ai également mis ces chaussettes. Puis j'ai commencé à enfiler toutes les chaussettes que je trouvais, sans chercher à savoir si elles étaient neuves ou anciennes. Enfin, après avoir enfilé des dizaines de chaussettes, j'ai sauté dans mes bottes de père et elles m'allaient parfaitement. J'ai alors commencé à marcher en regardant la forme de l'empreinte que ces bottes laissaient derrière elles. J'étais persuadé que ces empreintes déconcerteraient tous ceux qui les verraient.

Tout le monde commencera à poser des questions sur ces bottes et sur les personnes qui les portent. L'homme qui les porte a de la chance. J'étais heureux et j'ai sauté tout le long du chemin vers l'école, parfois sur un ruisseau gelé, parfois sur la neige épaisse.

J'avais de nouvelles bottes ! Personne n'a de meilleures bottes que moi !

Je suis arrivé le premier à l'école, juste au moment où le bon vieux Muhamed mettait le feu pour réchauffer l'école.

L'odeur du charbon se répand dans la cour de l'école. Il n'y avait personne dans la cour de l'école, mais pas pour longtemps. Les élèves et mes amis sont bientôt arrivés. Ils regardaient mes bottes et les admiraient. De temps en temps, quelqu'un me demandait où j'avais acheté les bottes.

- Rendez ces bottes à votre père, il ne peut pas aller au travail sans ces bottes. Il va te frapper ! - Hakija me taquinait, c'était un élève de la classe V-b.

- Mon père n'est pas ton problème ! - Je lui ai crié dessus et je suis allée honteusement dans ma classe.

J'attendais avec impatience la fin du dernier cours pour pouvoir aller sur la rivière gelée Usora et patiner pour montrer à quel point je suis agile et habile. C'est à ce moment-là que je leur montrerai qui est le plus courageux, qui peut aller le plus loin et dont les bottes sont les plus rapides sur la glace ! -C'est ce que je me disais.

Après la fin du dernier cours, je suis allé avec Sehid et Sejo vers la rivière. Plusieurs garçons patinent déjà à la surface de la rivière, mais ils sont très près de la rive. J'étais déterminé à patiner sur toute la rivière gelée, et la rivière était gelée ce jour-là comme jamais auparavant, toute la rivière était gelée.

Après avoir passé un peu de temps à patiner sur la rivière gelée, j'ai eu l'impression, quelque part au milieu de la rivière, que la glace freinait. C'est dans cette partie qu'Usora a été le plus profond. Je ne vais pas... J'ai pensé, alors que la glace freinait comme la fenêtre de l'école écrasée par le ballon. Je me suis dirigé rapidement vers la rive droite, pensant que je l'atteindrais plus vite. Mais il est déjà trop tard.

L'eau glacée m'a englouti.

Un grand combat s'est engagé avec la rivière froide et les gros icebergs qui me menaçaient.

Les enseignants qui nous regardaient depuis l'école m'ont rapidement aidé et, à l'aide des échelles et de la corde, ils m'ont tiré hors de l'eau et m'ont emmené dans la salle des professeurs pour me sécher. Lorsque je suis arrivé dans la salle des professeurs, la cloche de l'école a sonné et tous les professeurs sont entrés dans les salles de classe. Je suis restée seule avec le four chaud. J'ai disposé les chaises sur une rangée et j'y ai mis mes chaussettes pour qu'elles sèchent, tandis que je m'asseyais près de la chaudière en sous-vêtements.

La cloche de l'école sonne la fin de la classe et les enseignants se rendent dans la salle des professeurs.

J'ai eu honte parce qu'ils m'ont vu et je me suis levé.

- Qu'est-ce qui ne va pas, Planjac ? - me demande l'instituteur Ivica. Alors que je patinais sur la rivière gelée, la glace s'est soudain brisée et j'ai chuté dans la rivière.

- Combien d'entre vous sont encore tombés dans la rivière ? - m'a demandé le professeur en regardant les dizaines de chaussettes que j'avais disposées près du four. Je n'ai pas répondu, j'avais tellement honte.

Bientôt, j'étais sec comme de la poudre. J'ai rassemblé mes affaires et je suis rentré chez moi. Au bout d'un moment, la nuit commençait déjà à tomber.

Je me suis dit que c'était l'un de mes pires jours. La situation aurait pu être pire si la rivière m'avait entraîné sous la glace. J'étais effrayée à l'idée même d'y penser. Lorsque je suis arrivé à la maison, mon père m'attendait avec un bâton à la main, furieux de ne pouvoir aller nulle part et de rester à la maison, alors qu'il avait des choses importantes à faire en ville.

La boîte aux lettres

L'automne a coloré la nature de notre paysage. La pluie tombe, jour après jour, sans discontinuer. La route qui traverse le village est si mauvaise que les gens doivent porter de grosses bottes s'ils veulent marcher ; tout autre type de chaussures est exclu. La rivière Usora, autrefois verte et belle, était sale et charriait de nombreux déchets. Des sacs, des bouteilles en plastique, des conserves, des vieilles chaussures... flottaient à la surface de la rivière, illustrant les mauvaises habitudes des riverains.

En sortant du magasin nouvellement ouvert, j'ai vu Amir qui jetait des pierres, des humeurs, etc. dans la boîte aux lettres que le facteur avait fabriquée il y a quelques jours. Amir était un petit garçon au nez d'aigle. Il était toujours sale et hyperactif. Son père était un travailleur à temps partiel. Il a eu 8 enfants, tous mauvais à l'école et pénibles.

Poursuivant son activité, Amir ne m'a pas remarqué jusqu'à ce que je lui touche l'épaule.

- Qu'est-ce que tu fais ? !! - Je lui ai crié dessus pour qu'il ne recommence pas.

- Qu'est-ce que ça peut vous faire ? C'est le pot de ta boîte aux lettres ?! - me répondit-il avec colère et en me taquinant, et il continua à faire la même chose en jetant des pierres et de la boue dans la boîte aux lettres.

- Lâchez-moi, lâchez-moi ! - demanda-t-il en essayant de se libérer de mes bras.

- Laissez-moi partir, laissez-moi partir ! - il continuait à crier à l'aide, et ne se sentait pas coupable bien qu'il ait ruiné la boîte aux lettres.

Je lui ai donné un petit coup de pied et je l'ai mis en garde :

- Je ne veux pas te voir ni entendre que tu as fait ça, petit insolent !

Il s'est mis à pleurer, à dire quelque chose que je n'ai pas compris, à me traiter et à partir. Peu après, il est arrivé près du magasin avec son frère aîné Hende.

- Pourquoi as-tu battu Amir ? - me dit Henda avec colère. Il me l'a redemandé en me traitant avec ses mains.

- Savez-vous que c'est mon frère ?

-       Je sais - j'ai eu peur - mais il a rempli la boîte aux lettres de pierres et de boue, et c'est mal.

-       Pourquoi vous soucier de ce qui ne va pas ? La boîte aux lettres n'est pas la vôtre et ne vous concerne pas. Ce n'est pas la propriété de ton père !

-       Eh bien... - Je n'ai même pas fini ce que je voulais dire que Hende m'a donné un coup de poing. J'ai commencé à saigner du nez.

Hende m'a encore donné un coup de pied avec l'autre poing. J'ai commencé à lui donner des coups de pied, mais il était beaucoup plus âgé et plus grand.

Il travaillait dur pendant l'été et c'est pour cela qu'il avait de gros muscles. Il avait tendance à voler, à se battre, et la police était souvent dans la cour de sa maison pour l'emmener en prison.

J'ai réussi à le pousser d'une manière ou d'une autre. Il est tombé, mais il s'est relevé immédiatement et il était plus en colère, plus furieux et il m'a attaqué avec toute sa force, comme une bête.

Il m'a donné un coup de poing, les jambes....

Quand je suis tombée, il ne m'a pas laissée me relever, mais il a continué à me donner des coups de pied à la tête, à l'estomac... Soudain, un grand nombre de garçons se sont rassemblés devant le magasin. Ils n'ont aidé aucun d'entre nous, ils se sont contentés de regarder et d'applaudir. Certains étaient des printemps pour lui, d'autres pour moi.

- Botte-le, Baja ! Mettez-le à terre ! N'abandonne pas, Baja ! - m'encourageait mon ami Šefik.

J'ai aussi entendu d'autres garçons applaudir Hende : - Montre-lui qui est le plus fort et à qui il donnera un coup de pied. Qu'est-ce qu'il en a à faire de la boîte aux lettres ? Ce n'est pas le sien ! Si son père a donné un terrain pour un magasin, cela ne veut pas dire qu'il s'agit de son magasin, et surtout pas de la boîte aux lettres. Montre-lui, Hende !

Hende a continué à me donner des coups de pied, tandis que j'essayais de me défendre et que je me tordais de douleur dans le mod sale.

- Touchez-le encore une fois et je vous montrerai ! Il a le droit de détruire la boîte aux lettres, mais vous ne devez pas lui donner de coups de pied, c'est clair ? - Hende me criait dessus en me traitant avec ses poings.

- Clair - J'ai répondu en étant dans le mod humilié.

C'est à ce moment-là que Sehid et Hamdo sont arrivés. Quand ils m'ont vu dans le mod, Sehid a donné un coup de pied à Hende. Une fois, deux fois...

Lorsqu'il lui a donné un violent coup de poing, Hende est tombé. Ils ont continué à lui donner des coups de pied, en lui criant : "Touche-le encore une fois, et nous te montrerons à qui tu vas donner un coup de pied !

Je me lève tant bien que mal. Mon visage était couvert de sang et de terre. Je suis rentré chez moi comme ça. J'ai réussi à me nettoyer en arrivant à la maison.

- Qui t'a fait ça ? - me demanda mon père.

- Hende - J'ai répondu et j'ai commencé à pleurer.

- Ce bandit ! !! - Le père était furieux.

- Je vais lui montrer à qui appartiennent les enfants qu'il va battre ! - et le père est allé mettre ses chaussures.

- Cher Husein, laisse partir les enfants. Vous ne pouvez pas vous battre avec eux. Ils se sont disputés, et alors ? - s'inquiète ma mère.

- Assieds-toi, s'il te plaît, ne va pas n'importe où ! - ma mère suppliait mon père de ne pas faire de bêtises, lui demandant d'être patient.

- Qu'est-ce qui ne va pas chez vous, cher Husein, allez-vous battre l'enfant de quelqu'un d'autre ? Ensuite, Rifo arrivera et vous vous battrez. Vous savez qu'ils y sont enclins. Quelqu'un est mort - lui a dit sa mère.

- Viens, mon fils, nettoie-toi - m'a dit ma mère, qui m'a apporté de l'eau et une serviette.

- Mon fils, pourquoi t'intéresses-tu à la boîte aux lettres ? Recherchez votre entreprise. Vous pourriez mourir à cause de cela. Que penses-tu si papa, en colère, a trouvé Hende ? Il le tuerait ! Quelqu'un serait mort, mon fils.

La mère était apaisante comme, ma chère mère.

Oncle

J'aimais beaucoup mon oncle. Je l'aimais, lui et ses cadeaux. Il nous rendait souvent visite, surtout le samedi après-midi lorsqu'il avait fini son travail, mais jamais sans cadeaux. Il a travaillé dans l'imprimerie, en fait dans une maison d'édition graphique.

Notre sœur et moi étions si impatientes de l'attendre que nous sommes allées au carrefour voisin, nous nous sommes assises sur un banc et nous avons passé des heures à attendre notre oncle. Lorsque nous le voyions arriver, nous courions vers lui et il nous prenait dans ses bras. Ensuite, nous l'embrassions pendant qu'il nous ramenait à la maison.

Ses cadeaux se composaient principalement de chocolats, de bonbons et parfois même d'un jouet pour voiture ou d'un livre d'images. Chaque fois qu'il m'offrait un cadeau, je le remerciais et il me répondait toujours par un sourire : - Ne plaisante pas. Ce n'est rien, je suis ton oncle.

Un printemps, mon oncle est allé travailler en Italie, illégalement, pour gagner quelque chose et nourrir ses enfants. Il n'est pas revenu avant plusieurs mois. Il a envoyé de l'argent à sa femme et à son père et ils ont acheté du matériel pour la maison de l'oncle et d'autres nécessités.

Le début de notre fête religieuse, Bajram, s'est déroulé sur une courte période. Et l'oncle sera là pour Bajram, ai-je pensé.

L'oncle m'apportera beaucoup de choses et de cadeaux pour Bajram, je ne peux même pas l'imaginer ! Je vais courir vers lui et le serrer dans mes bras ! Et il m'embrassera, tout en tenant un sac rempli de cadeaux.

Ce jour-là, Refko, Sehid, Selim, Hamdija et moi-même étions à Bare, devant la hutte de Habet.

- Tu as appris que ton oncle a eu un accident ? - Hamdija me l'a dit.

- Quel accident, où ? Qui a été blessé, qu'est-ce que cela signifie ? - inconsciemment, j'ai posé beaucoup de questions choquées.

- Oui, c'est le cas. Je le jure devant Dieu. - dit Hamdija. - Sur l'autoroute reliant Trst à Ljubljana. Ils étaient cinq dans la voiture. Ils sont tous blessés. La voiture a été complètement détruite ; ils sont tous en état de choc.

Le soleil envoyait ses rayons à travers les nuages sombres, colorant Pousorje d'une couleur dorée. Dans le jardin voisin, un tracteur travaillait et perturbait l'harmonie du chant des oiseaux de la forêt voisine.

Je suis rentrée chez moi avec Sehid en pleurant. Je ne savais pas ce que signifiait le mot "blessé" - si mon oncle avait subi une petite égratignure avec peu de blessures, ou s'il avait eu un accident mortel et était mort comme Sejdo qui avait eu un accident et était mort 3 jours plus tard.

Je suis arrivé à la maison. Il n'y avait personne.

- Ce n'est pas dangereux, disent-ils. Il survivra. Il n'a pas de fracture - J'ai entendu un voisin parler à ma mère, essayant de la calmer.

J'étais également détendu lorsque j'ai entendu cela.

J'attendais avec impatience l'arrivée de mon oncle, pour le voir, le serrer dans mes bras, voir si quelque chose lui faisait mal et qu'il me dise comment cela s'était passé.

Je ne peux pas imaginer qu'il puisse lui arriver quoi que ce soit. Il était si fort et si intelligent que je ne pouvais pas l'imaginer avec une jambe dans le plâtre ou quelque chose d'encore pire. Je n'ai pas pu.

Après plusieurs mois, mon oncle est arrivé de l'hôpital de Ljubljana. J'ai immédiatement couru jusqu'à la maison de son grand-père et de lui. Il me semblait que je ne pouvais pas courir plus vite. Je n'ai pas couru plus vite, même lorsque je suis allée à Suhopolje, et que j'ai attendu plusieurs heures pour voir un cadeau de mon oncle pour moi et ma sœur.

- Où est-il ? - ai-je demandé à ma grand-mère en arrivant chez eux.

- Il est dans la chambre. - m'a-t-elle dit.

Sans enlever mes bottes, je suis entré dans la chambre de mon oncle à toute vitesse. Au milieu de la pièce, mon oncle était assis dans le fauteuil roulant, beau, rasé et sentant bon.

J'ai remarqué qu'il n'avait pas de jambes, qu'elles étaient toutes deux coupées. J'étais confus.

Je m'attendais à ce qu'il ait quelques problèmes pour marcher, mais qu'il perde ses deux jambes...

J'ai commencé à pleurer et j'ai serré mon oncle dans mes bras, avec précaution, pour ne pas lui faire mal. Peut-être est-il encore blessé, me suis-je dit.

-Tu ne dois pas pleurer, m'a dit mon oncle en me serrant dans ses bras. Et puis j'ai senti sa larme sur ma joue. Nous nous sommes serrés dans les bras pendant longtemps et nous avons pleuré. Pendant tout ce temps, j'ai veillé à ne pas le blesser ou à lui infliger une douleur.

Lorsque la grand-mère nous a vus, elle est tombée dans l'inconscience.

-Apportez de l'eau ! - nous dit la tante. Puis elle versa de l'eau sur ma grand-mère.

-Apportez aussi des pilules tranquillisantes ! - a ajouté quelqu'un.

-C'est... c'est... rien de dangereux - m'a dit mon oncle en me serrant contre lui. Cette fois-ci, c'était plus fort que la fois où moi et ma sœur l'attendions à Suhopolje, et où il nous a serrées dans ses bras et nous a embrassées. Je l'ai également serré dans mes bras de toutes mes forces, car j'ai compris qu'il n'avait pas de blessures et que je ne pouvais pas lui faire de mal.

- Qu'est-ce que tu peux faire, Allah l'a voulu ainsi - nous a dit l'oncle après une longue pause, rompant le silence. Il demande un verre d'eau à sa femme.

Nous avons tous sauté pour le faire. Mais c'est moi qui ai été le plus rapide. En deux temps trois mouvements, je cours au puits et je lui verse un verre d'eau fraîche et froide.

- Tiens, prends-le, mon oncle - lui ai-je dit.
- Merci, merci - m'a répondu mon oncle en souriant.
- Ne plaisantez pas, vous êtes mon oncle. Ce n'est rien.

Il m'a regardé. Il avait le plus beau sourire du monde. Mon oncle.

Pastèques

C'était une pause estivale.

Il faisait une chaleur insupportable et même l'air était chaud. Chaque fois que nous n'avions pas de travail à faire autour de la maison ou du bétail, nous allions à la hutte de Habet ou à la rivière qui se trouvait à quelques centaines de mètres. La rivière était notre plus grande joie, et personne n'était plus heureux que nous lorsque nous allions nager.

Cet après-midi-là, nous nous reposions près de l'arbre et près d'Usora, observant les ombres des nuages qui voguaient dans l'immensité du ciel. C'était encore plus beau lorsqu'ils naviguaient à travers les collines et qu'ils traversaient le ruisseau dont l'eau était agréable et froide.

Nous étions tous ensemble : Sehid, Sejo, Selim, Refko, Hamdija et moi.

- Vous venez avec nous ? - nous a demandé Sehid.

- Où ? - J'étais intéressé.

- Prendre des pastèques. Elles sont belles comme un miel, et elles sont grandes - nous a expliqué en faisant un signe de la main.

- Personne ne les garde. Il n'y a personne autour. Chacun d'entre nous prendra une pastèque et le tour sera joué - il a parlé de manière convaincante.

Je voulais y aller, mais j'avais peur.

- Allons-y, tu es notre ami ! - disent Sejo et Selim et ils se dirigent vers le jardin de pastèques.

-Je vais y aller ! -J'ai décidé de ne plus réfléchir. - Mais chacun de nous n'en prendra qu'un et rien de plus !

Le jardin de pastèques de Dzemal se trouvait près de la prairie de Galijetovina. Il était situé sur le versant ensoleillé, entouré de forêts, de sorte qu'il était facile d'entrer en fraude et de prendre les fruits juteux.

Le jardin de pastèques était séparé de la forêt par le ruisseau qui était magnifique et dont la rigole s'enroulait comme un serpent.

Nous étions allongés à la lisière de la forêt, observant le jardin de pastèques. C'était calme. Il n'y avait personne autour. C'était presque la nuit et nous ne pouvions pas voir le soleil. Nous pouvions entendre l'ezan depuis la mosquée. C'était le Ramadan et le temps des repas.

- Dzemal est sûrement rentré chez lui pour manger. N'ayez pas peur, mes amis ! - Selim nous a dit de courir de la forêt au jardin et a commencé à frapper des pastèques avec son bâton. Il ne goûtait que quelques pastèques, puis il nous disait que ce n'était pas de la sueur, et il continuait à donner des coups de pied aux pastèques.

On aurait dit qu'il était soudainement devenu fou ; il donnait des coups de bâton à droite et à gauche et détruisait toutes les pastèques qu'il rencontrait. Il ne goûtait même plus les pastèques. Il n'a fait que les frapper et les détruire. Refko, Sejo et moi sommes allés dans le jardin et nous avons pris une pastèque pour chacun d'entre nous, puis nous nous sommes enfuis.

Sehid est resté dans le jardin des pastèques. Il voulait nous prouver qu'il était courageux, intelligent et malin. Il a probablement pensé que plus il infligerait de dégâts, plus il serait respecté par nous, ses amis. C'était une sorte de règle non écrite entre nous, mais il exagérait toujours dans sa stupidité, comme cette fois dans le jardin de pastèques de Dzemal. Nous marchions vers notre maison et nous mangions nos pastèques.

Demain, Dzemal est arrivé devant notre maison. Il était évident qu'il était de mauvaise humeur. J'ai senti qu'il allait m'accuser de quelque chose et j'ai couru dans la maison.

-Selam aleikum Husein - Dzemal a salué mon père, mais sa voix était en colère.

- Alejkumu selam - mon père lui a répondu.

- Je le tuerai, je le jure devant Dieu ! - dit Dzemal, et je l'entends par la fenêtre ouverte.

- Qui vas-tu tuer ? - lui demande son père.

- Ton pharaon - répond Dzemal.

- Il a détruit toutes mes pastèques. Il n'y a aucune pastèque intacte dans tout le jardin, Husein. Je voulais aller au bazar demain. J'avais l'intention de vendre les pastèques et l'argent que je gagnerais servirait à payer l'opération de ma femme, Husein, mais il a tout détruit. Je le tuerai, et je me tuerai moi-même ! Je le ferai, je le jure devant Dieu ! - Dzemal s'est mis à pleurer. Toute la dureté et la misère de la vie paysanne étaient sur son dos.

Combien d'heures Dzemal a-t-il passé à préparer son jardin, à planter les pastèques, combien d'efforts a-t-il consacrés à ce jardin ? Combien d'argent a-t-il dépensé pendant qu'il cultivait ses pastèques ? Comment quelqu'un a-t-il osé détruire tous les efforts de Dzemal ? Toutes ces questions étaient dans ma tête, des millions de questions. Nous sommes des salauds, nous sommes mauvais, pensais-je. Et puis j'ai réfléchi : Comment pourrais-je être ami avec eux ? Ils font toujours des bêtises et à la fin, c'est toujours de ma faute.

- Où est-il ? - a crié mon père. Je l'ai entendu dans la cour et j'ai eu peur.

- Il est dans la maison - répond la mère.

- Appelle-le ! - lui dit son père.

J'avais tellement peur. Je sais ce qui va se passer. J'ai descendu les escaliers pour rejoindre ma mère.

- Qu'avez-vous fait ? Honte à toi ! - m'a dit ma mère en chuchotant, puis elle m'a répété : - Pourquoi nous déshonores-tu ? Pourquoi faut-il toujours que tu fasses des histoires ? Pourquoi ? Pourquoi es-tu toujours en train de contrarier ta mère ?

Sans rien me dire, le père m'a pris la main avec colère et nous sommes entrés dans la chambre. J'ai remarqué sa colère et sa fierté abîmée. Ses yeux étaient si effrayants, je ne l'avais jamais vu comme ça. Il était très en colère. Nous sommes rapidement entrés dans la chambre. Le père ferme la porte et prend sa ceinture.

Je n'ai même pas vu qu'il a pris sa ceinture, l'a enroulée autour de son poing et a commencé à me frapper le dos. Une fois, deux fois, j'ai arrêté de compter...

Le père est resté silencieux. Il n'arrêtait pas de me battre. De temps en temps, il s'arrêtait quelques secondes pour se reposer, puis il continuait. J'étais calme, car je savais que je ne devais pas me défendre, car cela mettrait mon père encore plus en colère. Mais c'était si douloureux. J'ai souffert des coups, mais j'ai été encore plus blessée parce que mon père était tellement en colère contre moi alors que j'étais innocente.

Au bout d'un moment, ma mère a ouvert une porte, est entrée dans la pièce et s'est placée entre mon père et moi. Elle a crié : - Assez, allez-vous tuer mon enfant, mon unique enfant !

Le père la poussait d'une main et continuait à me battre pendant que la mère se relevait et lui criait dessus :

- Laissez mon enfant ! Qu'est-ce qui ne va pas chez vous ? Vous êtes fou ?

Lorsque le père est fatigué, il frappe à la porte, dit quelque chose et sort. Je saignais et je ressentais des douleurs dans toutes les parties de mon corps. Les jambes, le dos, la poitrine, tout était ensanglanté par les coups. J'avais même peur de pleurer bruyamment, mais je me suis contentée de pleurer en silence. J'avais peur que mon père ne revienne et ne me batte à nouveau. Mais ce qui est encore plus douloureux, c'est que j'ai été battu alors que j'étais totalement innocent.

- Pourquoi Sehid et Selim étaient-ils si impatients d'aller dans le jardin de Dzemal et de m'y emmener ? Pourquoi suis-je allé stupidement avec eux ? Je n'en ai pris qu'une seule alors que Selim a détruit toutes les pastèques. Comment Dzemal va-t-il collecter de l'argent pour payer l'opération de sa femme ? Pourquoi Selim se comporte-t-il comme un imbécile ? Pourquoi ne l'ai-je pas arrêté ? Pourquoi ne l'ai-je pas menacé de le dénoncer ? Pourquoi ne l'ai-je pas fait ? -Je me posais ces questions en pleurant dans la pièce sombre.

Quelque part dans la nuit, j'ai senti les mains de ma mère poser la serviette mouillée sur mon dos, et j'ai entendu le murmure de ma mère :

- Mon pauvre enfant, qu'as-tu fait ? Chère, chère enfant ! Pourquoi ne te calmes-tu pas comme les autres enfants ?

Cette nuit-là, j'ai dormi seule dans la chambre et je pleurais à cause de la douleur. J'ai longtemps évité mon père et j'avais peur de lui, et je n'ai plus goûté de pastèques depuis longtemps.

Kmezo

Kmezo était un grand garçon, corpulent, et avec ses seize ans, il avait l'air d'un adulte. Kmezo était son surnom. Ce surnom lui a été donné par les garçons qui se réunissaient autour de la cabane de Habet, et il lui allait très bien. Seul ce surnom pouvait être donné à Mušan. Il a toujours pleuré, crié et rué dans les brancards.

Kmezo était naturellement jolie et coquine, avec des joues rouges et de belles dents blanches. Il avait l'air de venir de la ville et non du village. Kmezo se distinguait toujours des autres par ses beaux vêtements que sa mère lui achetait en ville.

Kmezo ne fréquentait pas les autres garçons du village. Soit ils ont évité Kmezo et l'ont battu, soit Kmezo les a évités. La plupart du temps, il est seul. Il n'a pas gardé son bétail avec nous sur le Bare, parce que le père de Kmezo, Atko, ne voulait pas avoir de bétail. Ils achetaient du lait dans les magasins. Et ils n'achetaient que le meilleur.

Atko était un artisan réputé dans le village. Il avait une trentaine d'employés, dont la plupart étaient des ouvriers du bâtiment, et il travaillait sur les sites côtiers en gagnant beaucoup d'argent.

Mais alors qu'il gagnait beaucoup d'argent, sa famille a été abandonnée parce qu'il n'avait pas le temps de s'occuper d'elle. Des rumeurs circulent dans le village selon lesquelles sa femme Senka, qui est une très belle femme, le trompe.

Le père de Kmezo, Atko - c'était son surnom, son vrai nom était Atif - a emmené son fils pendant les vacances d'été dans la ville côtière où il travaillait, où Kmezo a passé deux mois. Il vivait dans l'appartement d'un homme riche dont le fils se droguait, si bien que Kmezo a commencé à se droguer à son tour.

Au début de l'année scolaire, Kmezo est retourné au village et a choisi d'aller au lycée. Tout le monde a été surpris de voir comment Kmezo a réussi à aller au gymnase alors qu'il était connu pour être un mauvais élève à l'école primaire.

Cet après-midi-là, lorsque Kmezo est revenu de la ville côtière, il a été suivi par le groupe d'enfants du village. Ce qui était différent, c'est qu'il avait maintenant une boucle d'oreille à l'oreille droite. Nous pensions que ce n'était pas une vraie boucle d'oreille, mais Kmezo a vraiment mis de vraies boucles d'oreille comme celles que portaient les filles du

village. Il avait aussi une queue attachée à ses longs cheveux bleus. Il était étrange et, à l'époque, il était le sujet principal des commérages.

Les jours s'écoulent tranquillement dans la grisaille des villages. Au fil du temps, les gens ont cessé de parler des boucles d'oreilles et de la queue de Kmezo.

Seule une mamie lui disait de temps en temps : - O pourquoi as-tu fait cela, mon cher enfant !

- J'ai vu beaucoup de choses, mais jamais que les garçons mettent des boucles d'oreilles et attachent leur queue, jamais ! grand-mère Umija a dit cela, et elle a continué : - C'est un travail diabolique ! Le jour du jugement viendra bientôt.

L'été suivant, Kmezo tombe malade. Il commence à avoir l'air de se dessécher. Les gens n'arrivaient pas à croire ce qui était arrivé à ce garçon autrefois beau et fort.

Ceux qui le connaissaient mieux racontaient que Kmezo restait assis pendant des heures à regarder un point précis, et qu'il riait souvent tout seul. Comme un fou, disait Sehid.

Son père Atko et sa mère Senka allaient voir les imams pour trouver un remède. Ils ne pouvaient pas comprendre ce changement soudain de leur garçon. Certains racontaient que Kmezo était au cimetière et qu'un esprit maléfique était entré en lui. D'autres personnes disaient que son père Atko trompait les gens et qu'à cause de cela, il était puni par Dieu avec la maladie de son fils.

Un matin, une voiture de police est arrivée dans la cour de la maison de Kmezo et des policiers l'ont emmené. Tout le monde au village parlait de Kmezo et du garçon de la ville côtière avec lequel Km- ezo avait vécu l'été dernier pendant deux mois. Des rumeurs circulaient selon lesquelles Kmezo prenait de la drogue tous les jours à l'époque, et qu'il avait même commencé à consommer des drogues plus addictives.

Kmezo a passé un an dans la communauté pour le traitement des toxicomanes.

Enfin, il est rentré chez lui. Sa beauté et sa force ont disparu. Il semble qu'il ait vieilli de quatre ou cinq ans au cours de cette année dans la communauté. Depuis lors, il ne communique plus avec personne. Il est devenu solitaire et il était son seul monde.

Ses voisins ont dit que la drogue avait tué tous ses rêves.

Chasse

Les chasseurs chevronnés Raif, Safet et Kasim étaient nos amis de la famille, et ils étaient souvent nos invités, racontant leurs histoires de chasse et leurs aventures.

C'était une nuit d'hiver, la neige tombait sans discontinuer et la lune illuminait la campagne, tandis que nous étions assis dans notre chambre chauffée par la chaudière et que nous écoutions Raif et son histoire. Il racontait comment les lapins poursuivaient Kasim et Safet à travers le bosket Svrza. S'il n'y avait pas Raif, les lapins tueraient Kasim et Safet.

- Nous avions de la neige jusqu'aux genoux. Kasim et Safet sont sortis du groupe et ont été séparés. C'est alors qu'ils rencontrent la meute de ra- bits. Ces lapins étaient affamés et ils les ont attaqués.

- Mon cher Huso - Raif parlait à mon père - s'il n'y avait pas moi, les lapins les tueraient. J'ai sorti mon fusil et j'ai tué deux lapins.

J'écoutais attentivement ce récit de chasse, tandis que mon père se contentait de hocher la tête et de confirmer l'histoire de Raif :

- Oui, oui... Que pouvez-vous faire... Oui, oui...

Plus tard dans la nuit, je me suis demandé comment il était possible que des lapins attaquent Safet et Kasim et ce qui se passerait s'il n'y avait pas de Raif.

Il s'agissait probablement de lapins spéciaux : courageux, plus grands et plus forts. ai-je pensé.

Remarquant mon intérêt pour son histoire, le chasseur Raif m'a promis : "Un jour, je t'emmènerai avec moi à la chasse, tu porteras ton propre sac et tu verras la beauté de la nature.

Sa promesse m'a rendu heureux. J'aimerais aller à Crni vrh, Svrzin bosker et Krnj in, et explorer ces montagnes. Je voudrais voir des biches, des ours, des sangliers, des lapins... mais j'ai peur d'aller seule dans la forêt. Les jours passaient comme des lapins à Svrza bosket, mais un jour, Raif a frappé à notre porte. J'étais heureux de l'accompagner, j'ai préparé mon équipe en une minute et j'étais prêt à partir. Il faisait froid dehors, mais j'ai adoré.

- Voici votre sac à dos et n'oubliez pas que vous devez passer à dix mètres derrière nous. Vous ne devez pas marcher à nos côtés, et aucune chance de marcher devant nous. Le fusil de chasse vous anéantirait ! - m'a dit Raif de sa voix forte et autoritaire.

J'ai pris mon sac à dos et j'ai commencé à marcher. Mais le sac à dos était trop lourd pour moi. Il était rempli de nourriture, de boissons, de vêtements, de chaises de chasse et d'autres choses. Les chasseurs continuaient à marcher, tantôt plus vite, tantôt plus lentement pour observer les alentours. Ils ont suivi leurs chiens de chasse.

Je porte mon sac à dos. Je les ai suivis avec difficulté, mais j'ai veillé à ne pas les perdre dans la forêt dense.

Ils marchaient dans la forêt, sautaient par-dessus le ruisseau, couraient dans les champs et se criaient dessus.

De temps en temps, j'entendais des coups de feu, parfois plusieurs coups de feu à la suite. Après des heures de marche, nous arrivons enfin à l'endroit où nous allons déjeuner et nous reposer.

Regarde, miracle ! Au sommet de la montagne, quelqu'un a apporté la cabane de Habet depuis Bekovače.

Elle était à cent pour cent identique à la cabane de Habet. Je la regardais avec étonnement. Je me suis promené autour et je l'ai regardé. Ce n'est pas celle de Habet, mais c'est la même cabane.

La vue depuis le sommet de Vis a été pour moi quelque chose d'extraordinaire. Il s'agissait d'un véritable événement. J'ai vu Tešanj, Jelah. Bobare, Kaloševič et Mrkotić... On aurait dit qu'ils étaient sur ma paume.

J'ai vu des maisons près de la route de Bobar et elles avaient l'air d'être en bon état.

comme deux rangs de perles. J'ai vu des bergers dans les champs et des troupeaux de moutons dispersés. J'ai remarqué ma maison, la cour de ma maison... J'ai été enthousiasmé par ce spectacle.

J'ai senti l'air vif de la montagne, tandis que le vent silencieux jouait avec les feuilles, les transportant. Le soleil se profile déjà à l'horizon. Mais le soleil est apparu si proche de moi que j'ai eu l'impression de pouvoir le toucher avec ma main. J'entendais le chant des oiseaux de tous les côtés, et de temps en temps j'entendais le cerf et le chant du faisan, et tout cela se mêlait au bruit des feuilles portées par le vent.

Soudain, toute mon excitation a été stoppée par le bruit d'un coup de feu. Un deuxième coup de feu suit. Les chiens ont commencé à aboyer.

- C'est Safet qui crie, je crois - dit Derviš.

- Il lui ressemble- confirma Muris en essayant de voir quelque chose entre les grands arbres. Peu après, Safet est arrivé avec un gros lapin. La tête du lapin était ensanglantée, ainsi que d'autres parties du corps. Ses yeux sont ouverts. On aurait dit qu'il regardait les gens et qu'il ne comprenait pas pourquoi ils les chassaient, lui et ses amis, toute la journée. Quelle est la raison pour laquelle les gens tuent un si bel animal ? Qu'est-ce qui pousse l'homme à utiliser la force dévastatrice des armes sur un animal aussi doux et agréable ? Je me posais la question, mais je n'ai pas trouvé la bonne réponse.

J'ai enlevé mon sac à dos. Raif a préparé un déjeuner et a mis la nourriture sur la table, il a également préparé du vin. Les chasseurs étaient heureux. Ils se racontaient des blagues et de nombreuses histoires. Ils fêtaient la prise. Ils riaient si fort que les personnes présentes dans la vallée pouvaient les entendre.

Appuyé sur le chêne, je regardais le lapin mort qui pendait à l'arbre et qui était ensanglanté. J'ai eu l'impression qu'il me demandait de le secourir, de le libérer pour qu'il puisse sauter vers son lapin. Je tourne la tête de l'autre côté, vers le ruisseau, mais je vois toujours le lapin mort. Il me regardait, me demandant de le sauver. Bien des années plus tard, je n'arrive pas à me sortir ce lapin de la tête.

Les chaussures

C'était une nuit d'été. Il y avait des grenouilles qui chantaient au loin sans qu'il y ait de pause. Le ciel au-dessus de Pousorje était plein d'étoiles, et la lune ressemblait au gardien, comme notre Kibo qui gardait continuellement les moutons dans le champ.

- Allez, dépêche-toi - j'entendais ma mère m'appeler pour le dîner. Le dîner a été mis sur la table dans la véranda, et il y avait mon père, et les sœurs Sadika, Sadeta, et Minka. Je me lave les mains et je m'assois avec les autres. Après le dîner, j'ai commencé à réfléchir à la manière de rappeler à mon père les chaussures qu'il avait promis de m'acheter.

Je n'ai rien trouvé d'intelligent, alors je lui ai demandé directement, d'une voix gentille et apaisante :

- Père, qu'en est-il de mes chaussures ? Tu vas m'en acheter un ?

Lorsqu'elle a entendu ma question, ma mère s'est tournée vers mon père et lui a dit :

- Achetez-lui des chaussures si vous voulez ! Ne lui promettez pas quelque chose si vous ne pouvez pas le faire ! Vous ne devez pas le faire !

- Je le ferai à partir du prochain salaire !- répond mon père, tout en s'inquiétant de savoir comment s'offrir d'autres choses essentielles comme du bois pour le feu quand l'hiver arrive, de l'argent pour les factures, de la nourriture, des vêtements, des livres...

J'ai osé et je lui ai dit :

- Cela fait six mois que tu me le dis : Je t'achèterai à partir du prochain salaire, mais tu ne l'as jamais fait", lui ai-je dit, avant de commencer à pleurer.

Le père m'a regardé et s'est tu. Il n'a pas dit un mot. Son regard disait tout. Je me suis sentie coupable de ne pas comprendre ses inquiétudes. Nous étions une famille nombreuse et son salaire était modeste. Il y a quelques jours, Meho est venu chez nous pour demander l'argent que mon père lui avait emprunté. Le percepteur Ilija nous a menacés de prendre notre seule vache si nous ne payons pas la taxe jusqu'à Bajram. De plus, les électriciens nous ont dit qu'ils nous couperaient l'électricité si nous ne payons pas nos factures jusqu'au mois prochain. De plus, cette année-là a été sèche. La récolte a été mauvaise. Les impôts et les factures, comme me l'a dit ma mère, étaient importants. L'argent est introuvable.

Un matin, ma mère, toute excitée, m'a réveillé et m'a dit :

- Lève-toi, ton père t'a acheté de nouvelles chaussures. Allez-y, voyez s'ils vous conviennent ! Dépêchez-vous !

J'ai sauté de mon lit. Il y avait une boîte sur le canapé, et les nouvelles chaussures à l'intérieur de cette boîte.

J'étais heureuse, mais en même temps j'étais triste, car en plus de tous les problèmes d'argent, il devait m'acheter de nouvelles chaussures.

Mais les chaussures étaient vraiment en glace. Ils sentent le cuir véritable. La chaussure droite et la chaussure gauche m'allaient parfaitement.

Ces chaussures ont été les premières de ma vie. Jusqu'à présent, je n'avais que quelques mauvaises bottes, mais la plupart du temps, je n'avais rien. J'allais à l'école et je travaillais sans bottes ni chaussures. Mais maintenant, j'ai des chaussures. Et la nouvelle, des chaussures que seuls les garçons portaient.

- Comment les filles vont-elles regarder mes nouvelles chaussures ?

- Mais surtout, comment Refko, Hamdija, Selim, Sejo et Sehid vont-ils regarder mes nouvelles chaussures ? Medina va-t-il les aimer ?

Demain, toutes ces belles pensées ont disparu de ma tête. Dans les yeux de mon père, j'ai vu le poids de ses problèmes et de ses soucis. Il était inquiet. Je savais pourquoi.

Le rédacteur

Omo, le mendiant de la ville, était une personne intéressante. Il mesurait environ 2 mètres, avait des cheveux gris denses et avait des problèmes de dos. Il n'a rien fait, de l'aube à la nuit. Il ne voulait pas travailler, mais mendiait de l'argent et de l'aide. Même en échange d'une bonne rémunération, il refusait de travailler pour les citoyens les plus riches, comme couper du bois ou autre chose. Il voulait de l'argent, gratuitement et sans aucun travail. Toute la journée, il s'asseyait sous l'arbre, mendiant l'argent et observant les gens de ses yeux sombres. Je ne sais pas s'il allait dans d'autres villages, mais il était certainement très souvent dans notre village, et pendant l'été, il dormait dans la hutte de Habet.

Au cours de cette année scolaire, notre professeur de littérature nous a donné un sujet de rédaction libre à réaliser. Le sujet de mon essai était ce mendiant.

Demain, Radonja, notre professeur de littérature, est venu en classe et il avait l'air heureux. Au moment où il entre dans la salle de classe, il crie :

- Planjac, lève-toi. Je vous félicite ! Vous avez écrit le meilleur essai littéraire de l'école. C'est A !

J'ai eu honte et j'ai eu des vertiges. Les paroles du professeur m'ont encouragé et je me suis senti fier, mais je ne pouvais pas supporter autant de félicitations et de mots gentils.

- Allez, lis-nous ton travail - m'a dit mon professeur, tout en me donnant ma rédaction pour que je la lise.

- Laissez les autres voir comment un essai doit être rédigé, comme un vrai écrivain.

- Planjac est un véritable écrivain - les mots de ce professeur étaient dans ma tête et ils m'ont donné une nouvelle force et une nouvelle confiance en moi.

Je me suis sentie fière et honorée en lisant mon essai.

- Bravo, et je vous félicite encore une fois ! m'a dit mon professeur quand j'ai fini de lire. J'ai réalisé à ce moment-là que tous les élèves me regardaient. J'ai également senti que Medina me regardait. Je savais qu'elle était heureuse parce que l'enseignante, qui n'a généralement pas cette habitude, me félicitait et me louait devant toute la classe.

- Aujourd'hui, je vais afficher votre histoire sur le mur du hall de l'école, et je vais également la donner au magazine de l'école, Neven, pour qu'il la publie. Continuez à bien travailler et vous deviendrez un bon écrivain. Un jour, vos livres seront dans la bibliothèque - mon professeur le prédisait et souriait en même temps.

Les mots de ce professeur m'ont frappé comme une vague d'Usora bleue. Ce jour-là, à ce moment-là, je n'arrivais pas à supporter l'excès de louanges. J'ai eu l'impression de brûler. Et encore. J'ai senti que Medina me regardait. Mais non seulement Medina, mais aussi Enisa, Zekija, Senada et Sabina me regardaient. Mais ils me regardaient différemment qu'auparavant.

Demain, dans le hall de l'école, je pouvais voir mon essai Beggar Omo sur le mur. Peu après, mon histoire a été publiée dans le magazine pour enfants Neven. Elle faisait presque une demi-page. Et en dessous, en caractères gras, étaient écrits mon nom et mon prénom, ma classe et le nom de l'école. Je l'ai lu encore et encore. Je n'arrivais pas à croire que mon nom était écrit à Neven, où les meilleures œuvres littéraires des dix écoles étaient publiées. J'étais heureux. Je me suis sentie grande et importante.

Qu'en pensera Médine ? Que vont penser de moi les autres filles de ma classe ? Que penseront de moi Sehid, Selim, Sejo et Hamdija ? En outre, je peux imaginer la joie de mes parents lorsqu'ils verront que le travail de leur fils figure dans le magazine. J'imaginais ma mère si heureuse, me serrant dans ses bras et me le disant :

- Qu'Allah te récompense, mon cher fils. Ta mère est si fière de toi.

Et comment mon oncle sera-t-il heureux grâce à moi ! Je voyais déjà qu'il me donnerait une récompense, peut-être de l'argent, grâce à ce succès !

Je relis mon nom et mon prénom dans le magazine. Je l'ai lu lentement, chaque lettre, pour ne pas la rater. Et dans ma tête, j'entendais la voix de mon professeur qui me disait :

- Bravo, je vous félicite ! Continuez à bien travailler et vous deviendrez un bon écrivain. Un jour, vos livres seront dans la bibliothèque.

Aujourd'hui encore, lorsque certaines de mes chansons ou histoires sont publiées dans les journaux, les magazines ou les livres...., je lis à nouveau avec incrédulité le titre, puis mon nom et mon prénom.

Petite ville

La période estivale touche à sa fin. L'automne, suivi du froid, est déjà arrivé dans de nombreux villages et villes. Les champs de Pousorje ont perdu leur couleur verte, au profit d'une couleur jaune et or. Nous pouvions entendre le chant de la chouette au loin, tandis que de nombreux autres oiseaux volaient vers le sud.

Je jouais avec ma sœur Sadika dans la cour de la maison lorsqu'un homme plus âgé est arrivé et a voulu acheter le tapis que ma mère avait fabriqué. La conversation entre cet homme et ma mère a été brève. Il lui a donné de l'argent, a pris le tapis et est parti.

Ma sœur et moi ne savions pas combien d'argent notre mère recevait, mais nous étions heureuses et nous courrions vers elle. Elle était assise sur le canapé et comptait l'argent plusieurs fois.

- Maman, tu vas m'acheter une chemise ? demande ma sœur d'une voix presque éplorée.

- Oui, je le ferai ! - et sa mère la serra dans ses bras.

Dans notre maison, où même la farine manquait, acheter une nouvelle chemise était un luxe, mais la mère était la mère, et elle a promis d'exaucer tous nos désirs.

- Demain, toi et moi, nous irons à Jelah - m'a dit maman, heureuse et souriante. J'ai senti la fierté dans sa voix. - Si je réussis à acheter une vache, tu m'aideras à la ramener à la maison en toute sécurité.

J'étais heureuse à cause de cela et d'aller à Jelah, si bien que j'ai couru dans la cour de la maison en criant :

- Je vais aller à Jelah, je vais aller à Jelah, je vais aller à Jelah !

Sehid, Selim et Sejo, qui jouaient près de la cour de notre maison, me regardaient avec envie.

Je n'ai pas dormi cette nuit-là. C'était comme des vacances pour moi. Je me rendais à Jelah pour la première fois. Jelah était une petite ville, et avant j'écoutais les histoires des personnes âgées à son sujet, mais cette fois je vais la voir.

Le matin, je me suis réveillé en premier. Maman m'a préparé des vêtements pour m'habiller. J'ai mis une belle chemise et un beau manteau, mais les deux ont déjà été réparés plusieurs fois. Les vieilles chaussures que mon père m'avait achetées quelques années auparavant étaient trop petites pour mes pieds. Ma mère m'a alors apporté de notre voisine Hasija les chaussures de son fils Refko qui étaient censées finir à la poubelle. Ces chaussures étaient en mauvais état, mais je pouvais les porter.

En tenant le bras de ma mère, et parfois en courant devant elle, nous sommes arrivées à Jelah. C'était mercredi, lorsque le marché est ouvert. Il y avait beaucoup de monde. Dans les différents magasins, j'ai pu voir des jouets, des chocolats, des chemises, des livres, des bottes, du pain et bien d'autres choses encore.

Parfois, maman s'arrêtait et attendait que je regarde une vitrine, et parfois elle me disait :

- Ne vous arrêtez pas ! Je m'en vais, et qu'est-ce que tu vas faire ? Vous vous perdrez. Comment allons-nous nous retrouver ?

Puis j'accélérais, je prenais le bras de ma mère et j'observais les vitrines avec curiosité.

Maman et moi sommes allées voir son amie. Je me suis demandé comment il était possible que ma mère ait un ami à Jelah. Sa maison se trouvait au centre de Jelah, et elle était grande. C'est la plus grande maison que j'ai vue de ma vie. Je pensais que beaucoup de gens vivaient dans cette maison. Plus tard, ma mère m'a expliqué qu'il s'agissait d'un immeuble à appartements, que chaque famille vivait dans un appartement et que cet appartement était gratuit. Ces grands bâtiments se distinguent de nos maisons de village. Elles étaient grandes, neuves, colorées de plusieurs couleurs différentes. Mais ils n'avaient pas de cour et je n'aimais pas ça. À l'intérieur, ils étaient magnifiques et chaque appartement était équipé d'un mobilier coûteux. Ma mère et moi, assis dans le beau et confortable canapé, et portant nos mauvais et pauvres vêtements, nous nous distinguions clairement de l'appartement magnifiquement et luxueusement décoré.

Zarfa, c'était le nom de l'amie de ma mère, était une personne très bonne et une femme douce. C'est ce que j'ai conclu de son comportement. Elle nous a offert du jus de fruit, des biscuits variés, de la bonne nourriture et bien d'autres choses que je voyais pour la première fois de ma vie. J'ai trop mangé, si bien que je ne pouvais même pas boire de jus de fruit parce que mon estomac était plein. Je me suis sentie mal.

Lorsque nous avons voulu rentrer chez nous, Zarfa m'a donné un sac et j'ai pu voir qu'à l'intérieur de ce sac se trouvaient des bottes rouges. Elles étaient rouges comme les cerises les plus douces du jardin de mon oncle. Je ne savais pas exactement à qui ces bottes avaient été données, mais je le devinais. Je les ai regardés et ils m'ont semblé très beaux. Dès que Zarfa est entrée dans son appartement et que nous avons commencé à marcher, j'ai décidé d'essayer ces bottes pour voir si elles me convenaient. Ils étaient d'une taille parfaite.

- À qui Zarfa a-t-elle donné ces bottes ? demandai-je à ma mère.
- A toi, Zarfa te les a donnés - maman me l'a dit.

J'étais tellement heureuse que j'ai sauté. Personne n'avait de bottes comme celle-ci, pas même dans tout le Pousorje.

Nous sommes arrivés à Rastoke, où se trouve le marché aux bestiaux. Il y avait beaucoup d'animaux domestiques comme des vaches, des chevaux et des moutons. Leur propriétaire les a apportés pour les échanger et essayer de les vendre. Il y avait aussi des garçons qui aidaient leurs parents.

Ma mère a remarqué une vache et a décidé de l'acheter. Nous l'avons appelée Gizdava. Toutes les vaches que nous avons eues portaient le même nom, Gizdava. C'est le plus beau nom pour la vache.

Peu après, nous avons décidé de rentrer à la maison. La mère s'occupait d'une vache qui marchait près de nous. Quand Gizdava voulait manger de l'herbe ou des récoltes qui appartenaient à un autre homme, je la poussais avec mes bras. Je ne voulais pas la battre car j'aimais cette vache. Pendant que nous marchions, j'ai observé mes bottes, et j'ai prévu de les nettoyer et de les garder en bon état pour pouvoir les porter souvent. Elles étaient en bon état et on pouvait à peine remarquer que quelqu'un les portait avant moi.

J'étais heureux d'avoir de nouvelles bottes et une nouvelle vache, et ma mère était heureuse d'avoir une nouvelle vache et de nouvelles bottes. Nous sommes arrivés à la maison. Cette nuit-là, j'ai nettoyé mes bottes et ils ont dormi à mes côtés. Je devine que ces bottes n'ont jamais dormi près du lit de quelqu'un, elles étaient toujours dans un endroit froid comme les escaliers ou les sous-sols. On aurait dit que les bottes étaient heureuses le matin qu'elles aient passé la nuit près de mon lit.

Ce matin-là, j'étais heureux de porter à nouveau mes bottes. C'était un jeudi et nous nous rendions à la mosquée locale pour écouter l'imam. Tous les garçons et toutes les filles s'y rendaient. Parce que les villages environnants, Kaloševići et Drinčići, n'ont pas de mosquée, les enfants de ces villages sont allés dans la mosquée de notre village. Ce jeudi-là, les enfants sont arrivés à la mosquée plus nombreux que d'habitude. Dans le hall d'entrée de la mosquée, il y avait un endroit où nous mettions nos chaussures parce que nous ne pouvions pas entrer dans la mosquée avec nos chaussures. Je mets mes chaussures au bout du couloir pour qu'elles soient loin des yeux et des mains des autres enfants.

Pendant le cours, je pensais à mes bottes et je sortais souvent pour vérifier que mes bottes étaient bien là où je les avais mises.

Je ne pouvais pas imaginer que quelqu'un les vole.

Mais lorsque la classe s'est terminée et que les enfants sont rentrés chez eux, je n'ai pas retrouvé mes bottes. Il n'y avait que quelques vieilles et mauvaises bottes, mais mes belles bottes étaient introuvables.

Certains des mauvais garçons ont volé mes bottes et m'ont laissé ses mauvaises bottes. Après ce jour, je suis allée à la mosquée tous les jours en espérant voir mes bottes rouges, mais je ne les ai jamais trouvées.

Pièce d'or

Dans la nuit noire de l'automne, le vent fort agitait le pommier qui se trouvait devant notre maison. De temps en temps, je voyais le tonnerre et le bruit terrible qui m'effrayait et me réveillait. C'était terrifiant.

- Que fera notre enfant pour vivre s'il n'apprend pas un métier ou s'il ne va pas à l'école, cher Husein ? Tous les enfants vont à l'école. Allons-nous avoir honte si notre enfant reste à la maison et se contente de faire de l'agriculture au lieu d'aller à l'école ? la voix silencieuse de ma mère m'a réveillée.

Le père ne parlait pas. Je ne voyais que son ombre. De plus, je peux voir son visage lorsque les lumières sont allumées. Son visage a l'air vieux. Il paraissait plus vieux de jour en jour.

Mais comment allons-nous faire ? Nous n'avons pas d'argent ! Même aujourd'hui, j'ai du mal à nous nourrir ! J'entendais la voix du père, la voix pleine de peur et d'insécurité. Je faisais semblant de dormir et je ne bougeais pas. Je voulais entendre chacun de ses mots. Et ses paroles étaient lourdes.

-Nous devons le faire d'une manière ou d'une autre. Nous devons lui fournir quelque chose pour qu'il puisse travailler et gagner sa vie. Il ne doit pas rester sur la terre et faire de l'agriculture, lui répète sa mère. Selim, Sejo et Hamdija sont à l'école. Même Nikola est allé à l'école d'artisanat. Notre fils doit en faire autant.

-Je sais - lui dit son père après une longue pause - je sais, mais comment ? Et dans ces mots, je pouvais voir tous les problèmes que mon père avait. Les problèmes de la vie difficile des travailleurs, de la pauvreté, de la misère...

- Si nous ne trouvons pas d'autre solution, je vendrai ma pièce d'or. Je vendrai mes bijoux, bagues, etc. Je vendrai la pièce d'or avec laquelle vous m'avez engagée ; je sacrifierai tout pour que mon enfant aille à l'école et qu'il soit capable de vivre de manière indépendante et non de vivre de l'agriculture - a-t-elle ajouté.

Ils étaient silencieux. De temps en temps, je pouvais voir les deux silhouettes, deux silhouettes tristes et brisées.

Ma mère vendait son cadeau de fiançailles qu'elle gardait pour les jours sombres, s'ils arrivaient, comme elle le disait souvent. Elle le vendait pour m'envoyer à l'école. Je savais qu'elle n'avait jamais envisagé une telle chose auparavant. Elle l'a gardé caché si les jours noirs et sombres arrivent. La décision de ma mère de vendre son cadeau de fiançailles pour pouvoir m'envoyer à l'école m'a rendu triste. Elle savait que je voulais aller à l'école et elle savait à quel point j'étais impatiente d'y aller. Mais elle était également consciente du fait qu'ils n'avaient pas d'argent, même pour la nourriture.

L'aube se lève déjà. J'ai recommencé à dormir et, dans ma tête, je n'entendais que les paroles de ma mère : "Je vais vendre la pièce d'or, les bijoux, la bague. Je vendrai le cadeau de fiançailles pour pouvoir envoyer mon enfant à l'école". Aujourd'hui encore, j'entends cette voix. Je l'entendais dans mon âme. Sa douleur me fait mal.

Cookies

Dans les villages de Bare et de Plandišće, chaque année à la fin de l'été et au début de l'automne, il y avait une foire et l'homme unique était toujours présent. Il s'agit de Durmiš Hasani, le confiseur de la ville.

Il venait à chaque foire pour vendre de nombreux biscuits et bonbons qu'il fabriquait. Nous, les enfants pauvres de Bobare, voulions tellement manger ses biscuits, mais nous ne pouvions pas nous le permettre. Au lieu de cela, nous nous contentions de regarder ses biscuits et ses sucreries, et souvent il nous criait dessus :

- Allez, ne dérangez pas mes clients, ils ne peuvent pas venir ici à cause de vous. Allez, jouez ! Ne me dérangez pas, partez !

Nous étions constamment près de ses biscuits, et nous espérions que d'une manière ou d'une autre nous pourrions obtenir des bonbons ou des biscuits, ou que l'un de nos oncles nous verrait et nous achèterait des biscuits.

Nous nous rendions donc chaque année à cette foire en espérant que Durmiš Hasani nous offrirait des biscuits gratuitement. Mais il ne voulait pas nous donner des biscuits gratuitement, et nous n'avions pas d'argent pour les acheter.

Quelques années plus tard, lorsque j'ai grandi et que j'ai commencé à travailler pendant l'été, lorsqu'il n'y avait pas d'école, j'ai gardé en mémoire les biscuits et les sucreries que fabriquait Durmiš. Je rêvais d'acheter une casserole entière de biscuits de Durmiš et de la manger à volonté.

Lorsque j'ai reçu mon premier salaire, j'ai décidé d'aller à la confiserie de Durmiš Hasan :

- Qu'est-ce que tu veux acheter, me demanda le vieux confiseur.

- Ciglice ! - Je le lui ai dit et j'étais enthousiaste. Les Ciglice étaient le gâteau spécial que j'aimais le plus.

- Combien ? m'a demandé Hasani.

- Toute la casserole ! Tout !

Durmiš Hasani sourit en voyant qu'il va gagner beaucoup d'argent. On aurait dit qu'il m'avait reconnu comme l'un des garçons qui avaient tant de fois regardé ses biscuits et ses sucreries.

Je l'ai payé et j'ai pris les biscuits. Je suis sorti de son magasin et j'ai décidé d'aller à la gare routière.

Le soleil brille et illumine le vieux château qui surplombe la ville. Il semble qu'en ce jour de marché, presque tous les habitants se soient rassemblés dans la ville.

J'avais hâte d'arriver à un arbre ou à un bâtiment pour manger les bonbons que j'avais achetés il y a quelques instants. J'étais impatiente de manger et de goûter les biscuits que j'avais regardés si longtemps. J'ai pris les deux biscuits dans le sac, et quand je les ai sentis sous mes doigts, je me suis souvenu du bon vieux temps et de la foire du village de Bobare. L'image de Durmiš Hasani, assis et vendant ses bons biscuits et ses sucreries, m'est revenue à l'esprit.

Il était toujours souriant et bien habillé, et il parlait et souriait à toutes les personnes qui passaient près de son magasin. Il m'a semblé qu'il ne faisait cela que pour vendre ses biscuits. Parfois, il était même gentil avec les enfants, mais seulement s'il avait réalisé un bon bénéfice ce jour-là. Dans ces moments-là, même nous, les enfants, pouvions obtenir quelques miettes de biscuits de sa table.

Sehid, Hamdija, Sejo, Selim, Refko et moi-même nous disputions et nous battions à cause de ces miettes, et Durmiš Hasani riait.

- Ne le faites pas les enfants, il y aura encore des miettes !

Je me souvenais du goût et de l'odeur de la cigarette depuis des années et, à ce moment-là, des souvenirs ont commencé à émerger. J'ai mangé un biscuit, un deuxième, un troisième... J'en ai eu plus d'une centaine, peut-être même plus.

Je me suis assis sur la chaise de la gare routière, tenant le sac de cigarettes qui n'étaient plus du même goût qu'avant. Ces cigares n'étaient pas comme ceux d'avant. Oui, ils ont été fabriqués par la même personne, avec la même recette, ils avaient la même apparence, mais... Toutes ces années, j'ai rêvé de ciglice. J'avais en quelque sorte une image différente d'eux.

Je n'avais plus envie de fumer. J'ai ressenti une grande déception. Je ne pouvais pas manger plus.

Je me suis levé de la chaise et je suis rentré chez moi.

C'était presque une nuit. Le vent froid de la montagne m'aidait à supporter la chaleur de l'été. La ville est soudain apparue comme un lieu vide. On aurait dit la ville des fantômes.

Quelque part au loin, je pouvais entendre les voix des enfants qui jouaient. Je leur ai donné le sac de biscuits que j'avais acheté auparavant, le sac de souvenirs.

J'ai ressenti un vide dans mon âme. En même temps, j'avais faim et j'étais rassasié, et c'est dans cet état d'esprit que je suis rentré à la maison. Les biscuits et les sucreries de mon enfance n'étaient pas les mêmes que ceux dont j'ai rêvé pendant tant d'années et que j'ai portés dans ma mémoire et mes rêves.

Médine

Medina était la plus belle fille de l'école : belle, elle avait des dents blanches et un beau sourire, et ses lèvres étaient ravissantes. Ses longs cheveux blonds ondulaient comme un champ de blé sans fin. Elle était intelligente, avait de bonnes notes à l'école et était la meilleure joueuse de l'équipe de hand-ball.

Tous les garçons de notre école l'aimaient en secret. Même les garçons du lycée venaient dans la cour de l'école quand Medina jouait au hand-ball.

Mais c'était le diable. Elle souriait à tout le monde, nous regardait, taquinait les garçons et leur faisait des compliments, de sorte que chaque garçon pensait qu'il était celui que Medina voulait. Mais il me semble que c'est elle qui me taquine le plus.

Chaque garçon pensait qu'il était celui à qui Medina souriait et qu'elle ne regardait que lui. Nous étions secrètement jaloux l'un de l'autre.

Lorsque la balle est tombée du terrain de hand-ball, au moins vingt garçons ont couru pour prendre la balle et la rendre à Medina. Nous étions en train de nous disputer pour savoir lequel d'entre nous allait rendre le ballon à Medina.

Elle observait notre combat, nous souriait, remerciait ceux qui lui rendaient la balle et continuait à marquer.

Nous nous tenions près du terrain de hand-ball, attendant avec impatience que le ballon sorte du terrain pour que nous puissions le rendre à Medina. J'ai réussi à gagner souvent la bataille autour du ballon et j'ai apporté ce ballon à Medina, même si elle était souvent dans l'équipe adverse.

Elle me remerciait en souriant, et je rêvais de ce moment plusieurs nuits après en pensant à elle. À cause de Medina, je n'arrivais pas à dormir.

Je passais mes nuits à écrire des chansons sur elle, des chansons pleines d'amour et de désir.

- Un jour, je lui avouerai que je l'aime, quoi qu'il arrive !- ! a parlé pour moi.

Je cherchais l'endroit où je viendrais à elle, pour que les autres garçons ne me voient pas quand je deviendrais rouge et commencerais à pleurer.

- Je le ferai aujourd'hui... ! fermement décidée... Elle a juste besoin d'être seule.

- Je lui dirai que je l'aime...

Chaque fois que je pensais à rencontrer Medina seule, je frissonnais, mais c'était un sentiment à la fois doux et effrayant... et finalement je renonçais à la rencontrer. Demain, la même chose m'est arrivée. Je suis devenu rouge, j'ai commencé à trembler et j'ai finalement renoncé à l'approcher.

Mais enfin, un jour... C'était une pause entre les cours, et peu après, la sonnerie de l'école a annoncé le début du cours. J'ai entendu Medina arriver.

Je suis allé dans l'autre partie de la salle, de façon à ce que nous nous rencontrions et que nous marchions l'un près de l'autre.

- J'ai quelque chose à te dire - je le lui ai dit alors que j'étais à quelques pas d'elle et que je n'avais rien de plus intelligent à lui dire. Elle m'a souri et j'ai vu ses dents briller comme des perles. Ce sourire m'a détendu et encouragé.

- Dis-le, qu'est-ce que c'est ? me demanda-t-elle joyeusement.

À ce moment-là, j'ai commencé à frissonner et je me sentais épuisée. J'ai senti le sang couler sur mon visage et je suis devenu rouge, et j'ai couvert de ma main l'égratignure sur mon seul pantalon que j'utilise depuis deux ans.

- Eh bien..., je t'aime ! - Je lui ai dit et j'ai baissé les yeux, me sentant comme si je me tenais devant mon père quand je faisais quelque chose de mal.

- Malheureusement, je ne t'aime pas - je pouvais entendre sa voix qui remplissait l'air dans le hall.

J'ai eu l'impression que l'école entière s'effondrait sur moi, puis que tout se retournait, comme si un cosmos entier tournait autour de moi.

Je regarde autour de moi et je vois Sehid, Selim, Sejo et Hamdija qui me regardent, tandis qu'au loin, j'entends Medina marcher et je sens son parfum.

Depuis ce jour, je n'ai pas saisi le ballon pour le rendre à Medina. J'ai laissé ce travail aux autres garçons. Mais, de temps en temps, j'écrivais des chansons pour elle.

Aujourd'hui encore, j'écris des chansons pour elle. Et je me souviens souvent d'elle.

Parti

Mehmed Emin s'engage demain dans l'armée, il est recruté. C'est pour cela qu'il va faire la fête ce soir, il a même planté la tente. Son père est arrivé d'Allemagne et il est allé dire au revoir à son fils dans l'armée - m'a raconté Sehid à bout de souffle, alors que nous revenions de l'école par la vieille route du village.

C'était un automne doré. La forêt voisine a changé de couleur au cours de la nuit pour prendre une teinte dorée. Dans les champs voisins, nous pouvions entendre les filles chanter, et dans ces mêmes champs, les gens prenaient leurs récoltes et les transportaient dans leurs entrepôts.

- Allons à cette fête - me proposa Sehid, dont les yeux brillaient comme jamais.

- Tout d'abord, la fête n'est pas pour les enfants. Deuxièmement, nous ne sommes pas invités. Les personnes non invitées s'assiéront près des portes, lui ai-je dit avec colère.

- Lorsque vous organisez une fête pour l'homme qui part à l'armée, vous n'invitez pas d'invités. Et vous êtes un enfant, et je ne le suis pas. J'ai un an et demi de plus que toi. Je suis un garçon, et vous ne l'êtes pas, me répondit-il. Dans sa voix, je pouvais percevoir de la malice.

J'étais un peu en colère, mais je n'ai rien dit. Je me demandais comment il pouvait être un garçon et moi non, bien que nous soyons de la même taille.

- Nous irons - lui ai-je dit.

Dès que la nuit est tombée, nous avons pu entendre des chants et de la musique en direction de la maison d'Emin. J'ai dit à ma mère que j'irais à Sehid pour prendre des livres, parce que nous avons un examen demain, et en fait je suis allée chez Emin. Il y avait déjà beaucoup de garçons et de filles. Parmi eux se trouvaient Sehid, son frère, Refko, Selim, Sejo et Hamdija.

Sous la grande tente, des tables et des chaises étaient disposées, et il y avait une grande quantité de viande, de boissons, de biscuits, et beaucoup d'autres sortes de nourriture. Quelques personnes sont déjà arrivées et sont assises et en train de manger, tandis qu'il y a aussi un accordéoniste portant une chemise blanche. Certains le mettent sur l'accordéon. Nous nous tenions près de la tente et observions une table sur laquelle se trouvaient de nombreux plats délicieux et des sucreries. J'ai regardé Sehid et il m'a regardé. J'avais honte, mais je l'ai suivi. Quelques instants plus tard, Selim, Sejo, Refko et Hamdija arrivent.

Nous étions assis et nous sentions les délicieux repas qui étaient posés sur la table. Au bout d'un certain temps, nous avons commencé à manger ces repas, et après quelques minutes, la table était vide.

- Vous voulez du vin ? nous demande Sehid en attrapant une bouteille de vin. Il remplit le verre de vin en une seconde.

- Le vin est bon, on peut s'enivrer en buvant du vin - nous a dit Sehid.

- Je veux du vin ! lui dit Hamdija.

- Je veux aussi du vin ! Refko a demandé, et bientôt Selim a demandé du vin aussi.

Je lui ai dit : - Donnez-moi un verre de vin ! Je veux être un garçon. Je ne veux pas boire de jus de fruit. Le jus est destiné aux enfants.

Lorsque j'ai goûté le vin, il avait un goût aigre. Je me suis sentie mal, car je pensais que le vin était une boisson sucrée, mais c'était tout le contraire !

Sehid buvait comme un grand et remplissait déjà son deuxième verre.

- Qu'en est-il aujourd'hui ? Si vous voulez manger, vous devez boire, et bien sûr, vous devez fumer. Sinon, la fête n'est pas pour les enfants. Buvez votre jus et allez dormir ! nous a dit Sehid.

Je me suis rendu compte que Sehid pensait à moi en disant cela.

Hamdija, Sejo, Refko et Selim étaient les plus âgés. Ils ont déjà goûté le vin. Je les ai vus une fois lorsqu'ils fumaient sur Bare tout en surveillant leur bétail.

- Les garçons boivent le vin, et c'est moi le garçon ! dis-je tranquillement, en fermant les yeux et en buvant mon premier verre de vin. Peu après, j'ai eu envie de brûler. Je ne voyais pas clairement et ma voix s'est détendue. Je les ai regardés, ils souriaient et criaient.

Peu après, Sehid a ouvert une deuxième bouteille et a rempli nos verres de vin. Après ce moment, je ne me souviens de rien de ce qui s'est passé.

Demain, je me suis réveillée avec un terrible mal de tête. Je n'avais jamais ressenti une telle douleur auparavant.

J'avais l'impression d'être brisée... Il était presque midi et j'étais seule dans ma chambre. Près du lit, je pouvais voir mon pantalon sale et presque détruit. J'avais du sang sur la main. La blessure était large et profonde.

- Qu'est-ce que c'est ? - Je me suis demandé et j'ai essayé de me rappeler ce qui s'était passé avec la fête, Sehid, le vin, la musique, un peu de terre, la bagarre, le câble et le canal.

- Super, mon fils ! C'est super ! - me dit ma mère avec colère, en entrant dans la pièce et en me regardant.

- Pourquoi ? lui ai-je demandé, et j'ai eu honte.

- Vous avez osé demander cela ! Ils t'ont amené ici le matin, et tu étais sale comme un cochon. Refija m'a dit que vous aviez provoqué Emin, déclenché une bagarre, arrêté le musicien, et que vous aviez finalement déclenché une bagarre avec les enfants du quartier. Tu avais l'air sale et tu étais blessé. Honte à vous ! Les gens parleront désormais de vous.

J'ai eu honte et j'ai baissé les yeux. J'avais honte de moi. J'avais honte à cause de ma mère. J'avais honte à cause d'Emin qui nous donnait à manger et à boire, et nous lui avons causé des ennuis. J'avais honte de tout le village.

Je me suis levé alors que j'avais un terrible mal de tête. Je suis allé nettoyer ma veste et mon pantalon, et plus tard je demanderai à ma mère si elle peut m'arranger le pantalon. J'ai presque détruit le nouveau pantalon.

- Tu ne recommenceras pas - j'ai parlé avec moi-même. - Tu ne seras plus jamais un clown de village, même si tu ne deviens jamais un homme, et il est douteux que je devienne jamais un homme en agissant ainsi.

Et vraiment, je n'ai jamais été ivre après cela. Chaque fois que l'on m'offre du vin ou une autre boisson alcoolisée, je vois le visage déçu de ma mère, le canal, le pantalon et la veste sales, le sang et la fête d'Emin.

J'ai appris une leçon importante. C'est la leçon que je n'oublierai jamais et dont je me souviendrai toute ma vie.

Fićo

Après le déjeuner, notre tante a voulu nous montrer le "fićo" que l'oncle Adil a acheté en prenant le crédit qu'il doit rembourser dans cinq ans.

La voiture était neuve. Elle était rouge, rouge comme la tomate du jardin de ma mère. C'est le premier "fićo" qui est arrivé à Bobare. Ma mère et moi étions émerveillées par la beauté de cette limousine, nous l'avons regardée, touchée, nous nous sommes assises dedans et nous avons rêvé d'avoir la même voiture un jour. Memso nous a montré comment l'ouvrir, comment l'utiliser et où se trouve le pneu de réserve. Il a également allumé la radio et augmenté le volume de la musique dans la voiture, car il voulait avoir l'air important grâce à la voiture.

En un instant, j'ai regardé Memso. Il s'est retourné, et nous avons tous les deux compris que nous voulions conduire "fićo".

- On lave et on nettoie la voiture ? - demande Memso à sa mère.

- Ok, faites-le. - La tante approuve et entre dans la maison.

Memso était heureux, et au lieu d'apporter l'eau pour laver la voiture, il a apporté les clés de la voiture.

- Mettons le moteur en marche - m'a dit Memso et il a démarré la voiture en appuyant plusieurs fois sur la pédale d'accélérateur. Je savais qu'il voulait conduire la voiture. Je l'ai su dès que je l'ai regardé. Ses yeux racontaient toute l'histoire.

- Allez, on monte et on roule ! m'a-t-il dit, et j'ai volontiers accepté la proposition. La voiture s'est mise en marche et nous avons bientôt pris la route.

Nous n'avons pas conduit la voiture auparavant. Nous avons conduit le tracteur, mais nous n'avons jamais conduit de "fićo". Memso met la musique en marche et met ses lunettes de soleil. Il avait l'air d'être le vrai conducteur.

Nous sommes passés près de Sehid et Selim qui se tenaient près de la route et nous ont regardés avec étonnement.

- Allons près de sa maison ! - m'a-t-il dit.

Sa maison se trouvait dans le village voisin, à dix kilomètres de là. J'ai souri. C'était un signal pour lui que j'approuvais cette proposition et il a mis le pied sur l'accélérateur. Derrière nous, un nuage de poussière s'élevait.

Par la fenêtre ouverte, l'air chaud de l'été circulait et transportait le chant de Bijelo Dugme à travers les champs fertiles de Pousorje. Quelques personnes qui nous ont vu rouler se sont écartées de la route, et étaient en colère parce que nous roulions très vite.

Devant sa maison, Memso a ralenti car nous espérions la voir dans la cour de la maison. Si elle ne nous voit pas, tout ce trajet rapide n'aura servi à rien, avait-il envie de dire. Nous avons tous les deux regardé dans la cour de sa maison, espérant voir ses yeux séduisants, ses belles lèvres et ses dents blanches qui brillaient comme des perles.

Elle s'appelait Azra, elle était assise en face de moi dans notre salle de classe, et c'était le diable. En outre, elle était intelligente et avait de bonnes notes. Elle a même participé au concours de mathématiques de l'État, et il lui a suffi d'un point pour être première.

Nous étions tous les deux amoureux d'elle, et elle n'aimait que Haris, le garçon de Kaloševic, qui avait un grand nez et de grandes oreilles. C'était un étudiant moyen et rien de mieux que nous.

Je ne sais pas ce qu'elle lui trouvait.

Nous sommes passés près de sa maison, et nous avons été déçus de ne pas la voir. Nous voulions qu'elle voie notre "fićo". Nous pensions que si elle voyait notre "fićo", elle quitterait Haris.

Nous avons continué à rouler et nous sommes entrés dans le carrefour en conduisant prudemment comme de vrais conducteurs, et en faisant attention à ce que les autres voitures ne nous percutent pas. Après cela, nous sommes retournés chez Azra en espérant que cette fois-ci, elle serait là et nous verrait.

- Elle est là ? - demande Memso lorsque nous sommes arrivés près de sa maison. J'ai regardé autour de moi, mais rien. Elle n'était pas là.

- Peut-être est-elle dans le jardin ? - m'a demandé Memso lorsque nous étions près de son jardin. Il pensait que j'avais vu ici, mais que je ne voulais pas le lui dire.

Il pensait qu'elle l'aimait bien, alors que j'étais convaincue qu'elle m'aimait plus que lui. Elle me souriait plus souvent qu'à lui.

Nous nous sommes retournés en direction de sa maison pour la voir. À ce moment-là, j'ai eu l'impression que nous étions sortis de la route et que, soudain, toutes nos illusions étaient détruites. Après cela, la seule chose dont je me souvienne est le bruit des freins, des vitres brisées et de l'écrasement.

J'ai senti la main d'Azra sur mon front. J'ai regardé ses lèvres et ses dents blanches. Dans son dos, Memso est allongé dans le lit.

- Où en sommes-nous ? Que faites-vous ici ? Qu'est-ce qui s'est passé ?! j'ai posé beaucoup de questions à Azra, parce que je ne comprenais pas ce qui s'était passé.

- Vous êtes à l'hôpital. Je suis ici pour vous rendre visite. Il y a eu une course de rallye autour de ma maison et tu as eu le béguin - m'a dit la diabolique Azra.

Je me suis souvenu de l'oncle Adila et de son nouveau "fićo", du crédit qu'il avait contracté pour payer la voiture, et de la tante et de la mère qui m'avaient emmené voir la nouvelle voiture. Je me suis souvenu de la route près de la maison d'Azra où la voiture a roulé à près de 100 km/h et de la "grenade" qui a explosé et détruit le "fićo" de mon oncle. Je me souviens.

Je me suis souvenu de mon oncle avare qui, avec ma tante, avait collecté de l'argent pendant tant d'années pour acheter cette voiture.

Et grâce à Azra, tous ces efforts ont disparu.

Salaires

Beg Herceg était un homme de 70 ans, petit, trop gros pour sa taille et chauve. Mais il avait un visage jeune par rapport à son âge. Son caractère est difficile à comprendre et tout le monde a peur de lui. Ceux qui n'avaient pas peur de lui le respectaient, car beg Herceg était le plus riche, le plus influent de la municipalité, de la police, du tribunal et des médecins de l'hôpital.

Il avait une femme, Hanka, et neuf enfants avec elle. Tous ces enfants étaient scolarisés dans les écoles de la ville et n'étaient dans sa propriété que pendant l'été.

Son patrimoine et les terres qu'il possédait étaient considérables. Tous les champs situés sur la rive gauche de la rivière Usora lui appartenaient. C'était la terre la plus fertile de Pousorje et les forêts de meilleure qualité sur Vis et Kmjin lui appartenaient.

Beg Herceg avait toujours besoin de travailleurs et c'est ainsi que des habitants de Bobare, Drinčići, Putešić et Kaloševič travaillaient au domaine de Beg Herceg et, surtout en automne, de nombreuses personnes y travaillaient.

Les travailleurs se sont vu confier des tâches telles que la culture de la terre et la plantation des fruits et légumes qui abondaient sur la propriété de Herceg. D'autres personnes s'occupaient du bétail de Beg Herceg, de ses vaches, de ses moutons et de ses chevaux. Ils dormaient sur sa propriété et ne se rendaient qu'occasionnellement chez eux.

La plupart des travailleurs de la propriété de Beg Herceg étaient en fait des garçons et des hommes pauvres qui ne possédaient pas de ferme ou de bétail. Ceux qui possédaient des fermes n'allaient qu'occasionnellement travailler au domaine de Beg Herceg.

Le temps de travail dans les champs et les domaines de Herceg s'étendait de l'aube à la tombée de la nuit, avec une courte pause pour le déjeuner. Si Beg Herceg trouvait que les efforts d'un travailleur n'étaient pas satisfaisants, nous ont dit les personnes âgées, il le licenciait sans rien lui payer. Ceux qui s'en plaignaient ne sont plus jamais embauchés.

Je me souviens d'un automne où le domestique de Beg Herceg embauchait des ouvriers pour ramasser les pommes. Il avait besoin de beaucoup de travailleurs.

Mrkaljevka était un champ sans fin où nous volions des fruits tout en gardant notre bétail. Mes amis et moi voulions travailler sur ce champ, et c'est ainsi que Sehid, Selim, Hamdija, Sejo, R efko et J, ainsi que des centaines d'autres garçons du village, se sont portés candidats pour

travailler sur ce champ.

Beg Herceg's nous payait avec de la farine, et comme la récolte était mauvaise cette année-là, beaucoup de gens ont demandé à travailler. Pour cette raison, Zulfikar, le serviteur de Beg Herceg, a dû refuser certains travailleurs et a dressé une liste.

- Je veux celui-là, tu n'as pas l'air d'un bon travailleur et tu es paresseux. Qui est votre père ? - toutes ces questions ont été posées par Zulfikar alors qu'il décidait qui allait travailler et qui allait être rejeté.

- Sehid ne travaillera pas, Selim travaillera, Hamdija est rejeté, Sejo est accepté, Refko ne travaillera pas, Hajro travaillera - c'est ainsi que Zulfikar Zulfo lisait la liste des travailleurs qui allaient travailler et de ceux qui étaient refusés. Ceux qui ont été acceptés se trouvaient dans une ligne, tandis que ceux qui ont été rejetés se tenaient dans l'autre ligne.

Il y avait une abondance de pommes comme jamais auparavant. Nous avons pris des pommes et les avons mises dans des sacs, et plus tard, ces sacs ont été apportés à Zulfikar Zulfo, qui a marqué le nombre de sacs et de pommes que certains travailleurs avaient collectés.

Selim, Sejo et moi avons pris la rangée de pommiers la plus éloignée et nous avons décidé que Selim serait le plus fort pour porter les sacs à Zulfo, tandis que Selim et moi ramasserions les pommes et les mettrions dans le sac. Vers midi, Zulfo est arrivé, muni d'un stylo et d'un carnet.

Il comptait quelque chose et regardait nos sacs, puis de nouveau les arbres. Il remarque que Selim apporte de nombreux sacs, dont certains sont les nôtres, tandis que d'autres ne le sont pas, car Selim les a pris à d'autres travailleurs et a menti à Zulko en disant qu'il s'agissait de nos sacs. Selim a apporté 25 sacs jusqu'à midi, tandis que les autres n'en ont même pas apporté la moitié.

Stupid Zulfo, comme nous l'appelions, n'était pas une cible facile à tromper. Il se rend compte que Selim vole le sac des autres et le fait passer pour le sien.

- Vous trois, rentrez chez vous - nous a crié Zulfo. Nous avons sauté du pommier et couru vers la cabane de Habet. Nous voulions nous reposer.

- Zulfo ne peut pas être trompé. Il est peut-être stupide, mais ce n'est pas un imbécile.-Sejo nous l'a dit.

- Il ne peut pas être trompé - ajoute Selim d'une voix triste.

Le vent jouait avec les pommiers et son odeur était perceptible dans tout le Pousorje. Loin au-dessus de nous, dans le ciel bleu, les oiseaux volaient vers le sud.

Nous nous sommes reposés dans la hutte jusqu'à la tombée de la nuit, en pensant surtout à la façon de justifier auprès de nos parents le fait qu'il n'y a pas de salaire aujourd'hui que nous étions censés gagner.

Crédits

Près de la maison où Refko, Sehid, Sejo, Selim, Hamdija et moi-même jouions au football, une limousine noire s'est arrêtée et, par la fenêtre ouverte, un homme portant un costume et une chemise blanche nous a demandé : - Où se trouve la maison de l'homme d'affaires ?

Outre l'homme qui nous a interrogés, il y avait quatre autres hommes dans la voiture. Nous nous sommes regardés un moment, puis nous avons commencé à expliquer et à faire des signes de la main : "Allez tout droit, puis tournez à droite, et vous verrez la plus grande maison de Bo- bare.

La voiture a poursuivi sa route et nous a laissés dans un nuage de poussière. Nous avons regardé la voiture, puis nous avons continué à jouer.

Au bout d'un moment, une autre voiture s'est arrêtée près de nous. - Les garçons, où se trouve la maison de l'homme d'affaires ? nous avons expliqué à nouveau et nous avons recommencé à jouer au football.

L'après-midi, alors que nous ramenions le bétail des champs, nous avons vu des gens de ces limousines assis ensemble, buvant et mangeant de la bonne viande. Chaque coin de la maison de l'homme d'affaires et la cour de la maison étaient remplis de voitures et de gros fonctionnaires.

Plus tard, mon oncle m'a dit que la voiture que ces gens conduisaient était une Mercedes et que c'était la meilleure voiture. Parmi les invités figuraient le président de la municipalité, le chef de la police, le juge en chef, le procureur de la municipalité, des avocats...

Nous pensions qu'ils partiraient à l'approche de la tombée de la nuit et que nous pourrions prendre un peu de viande et de boisson qu'ils avaient laissées derrière eux. Mais ce n'était pas le cas. Ils sont restés jusqu'au matin et nous avons dû rentrer dormir. Le matin, il était inutile de venir car les chiens mangeaient toute la nourriture laissée sur place.

Businessman était le surnom d'un homme qui avait une entreprise de construction dans notre village, et qui embauchait les garçons du village pour les faire travailler sur leurs chantiers en ville. Ils disaient que le salaire était mauvais et que, souvent, il ne les payait même pas. Certains travailleurs venaient chez lui et demandaient leur salaire en l'insultant et en lui disant des mots déplacés.

L'homme d'affaires était un homme petit et gros. Il avait un nez inhabituellement large qui le marquait d'une certaine manière. Il était très riche, même si les gens disaient qu'il ne savait même pas multiplier les nombres. Il n'a terminé que trois années d'école primaire et son élocution était très mauvaise car il ne connaissait pas certains mots. Il avait toujours l'air de mauvaise humeur, et les gens disaient qu'il voulait avoir l'air important. Ses amis étaient surtout des personnes qui lui rendaient visite pour recevoir des cadeaux qu'il leur offrait en abondance. Il était toujours gentil avec ses invités, mais il comptait sur certains avantages pour les recevoir. Mais peu importe ce que les gens disent de lui, la vérité est qu'il était un travailleur acharné et qu'il a réussi à créer de la valeur et à gagner de l'argent.

Les gens du village ne lui rendaient pas visite et les femmes ne rendaient pas non plus visite à son épouse.

Sa voiture était une limousine très coûteuse. Il s'habillait bien. Il est évident qu'il a beaucoup d'argent. Ses enfants allaient à l'école en portant des vêtements coûteux et élégants, tandis que nous, les enfants pauvres, allions à l'école dans des pantalons, des bottes et des vestes de mauvaise qualité qui ne pouvaient être comparés aux vêtements des enfants de l'homme d'affaires.

Les enfants des hommes d'affaires mangeaient de délicieux sandwichs pendant les pauses, tandis que nous mangions du pain et ce qui restait du dernier dîner, et parfois nous ne mangions rien et jeûnions même si ce n'était pas le Ramadan.

Nous avons écrit des devoirs pour ses enfants et ils nous ont donné beaucoup de choses. Ils nous donnaient des stylos, des chocolats, des pantalons et parfois même de l'argent.

Lorsque l'homme d'affaires faisait ses courses dans le magasin du village, il prenait des bananes, des chocolats, du sucre, de la viande, et lorsque l'enseignant local faisait ses achats, il ne prenait que le kilogramme de pain et le journal, puis rentrait chez lui avec sa bicyclette.

Les personnes "importantes" n'étaient pas les invités dans la maison du professeur, comme le disait ma mère. Il n'avait qu'un seul invité qui venait le voir une fois par an. Cet invité est arrivé chez l'enseignant pendant l'été et est resté chez lui pendant cinq jours. Les gens disaient que cet homme était son ami d'Allemagne. Son ami n'était pas un ouvrier sur les chantiers de construction comme beaucoup d'autres, mais un homme instruit qui travaillait dans l'usine Mercedes. Il avait deux filles et nous allions pêcher sur la rivière avec elles.

Lorsque son ami est retourné en Allemagne, plus personne ne lui rendait visite. On aurait dit que les gens l'évitaient. Son salaire était faible. La lumière de sa chambre reste allumée jusque tard dans la nuit. Les gens disaient qu'il lisait beaucoup et qu'il savait beaucoup de choses. En outre, les gens disaient qu'il devrait être professeur dans la ville, mais il ne voulait pas quitter sa mère malade. Lorsque la femme d'un homme d'affaires est malade, les meilleurs médecins arrivent en quelques heures et la soignent le temps qu'il faut pour qu'elle se sente mieux. Lorsque la femme de l'instituteur tombait malade, elle restait alitée pendant des jours, tant que l'instituteur ne trouvait pas un moyen de transport pour se rendre à l'hôpital de la ville.

Un jour, la femme de l'homme d'affaires est décédée. Il n'y avait personne à l'enterrement. J'ai entendu mes voisins dire qu'elle le méritait. Elle avait un mauvais caractère et se comportait mal. L'argent l'a corrompue et l'a éloignée des autres.

Je n'ai pas honte d'admettre que le mode de vie des hommes d'affaires m'a attiré et que j'ai toujours rêvé de devenir un jour un homme d'affaires. Simplement, je voulais être riche. Je pensais que c'était une bonne chose.

Mais les funérailles de la femme d'un homme d'affaires et l'histoire des voisins qui ont dit qu'elle et son mari ne méritaient pas mieux ont fait basculer mes pensées dans la direction opposée. Le métier honorable d'enseignant m'attirait, même si je devais vivre dans une mauvaise maison et conduire une vieille bicyclette. Mais mon souhait n'a pas été exaucé. Peu après, des voitures Mercedes de luxe ont commencé à se rassembler devant ma maison.

Emploi

Pendant une semaine ou deux, une pause estivale devrait commencer et nous avons réfléchi à la suite à donner à cette période. Nous avions en tête un grand nombre d'écoles secondaires différentes, telles que le lycée, le lycée économique, le lycée technologique, le lycée médical, etc. et nous devions décider pour laquelle nous allions nous inscrire. Où aller ?

Refko. Sehid et Selim avaient un an de plus que moi et, après avoir terminé l'école primaire, ils ont trouvé un emploi dans l'entreprise de construction et se sont rendus chez eux une ou deux fois par mois. Ils étaient les plus beaux garçons des fêtes de notre village. Ils portaient des vêtements à la dernière mode de Zagreb et, comme ils avaient de l'argent, ils achetaient de nombreux cadeaux pour les filles. Presque tous les garçons et toutes les filles parlaient d'eux, et tout le monde voulait leur ressembler.

Ce samedi-là, ils sont arrivés de Zagreb. Ils ont reçu un salaire. Ils veulent que je les accompagne à la ville. Ils portaient des pantalons neufs, des chaussures Adidas et des t-shirts Lacosta modernes, ainsi que des lunettes de soleil, tandis que je me distinguais d'eux par mes vêtements peu esthétiques et médiocres.

- Nous avons un nouveau chantier sur lequel travailler. Le salaire est bon et à temps, et nous ne faisons rien* - me disaient-ils.

- Pourquoi ne viens-tu pas avec nous ? - Sehid me l'a proposé.

- Je ne sais pas, je n'ai pas demandé à mon père - leur ai-je répondu en regardant leurs beaux vêtements.

- Allez, papa va te laisser partir. Il aime l'argent comme tout le monde. Vous n'y boirez pas de bière ; vous allez travailler et gagner de l'argent.

- Je demanderai à mon père quand il reviendra de Željezara - j'ai répondu.

Ils m'ont semblé être des mannequins de haut niveau. Beaux, musclés, bien habillés, ils font rêver toutes les filles.

Ils ne parlaient pas de l'école ou des événements de la période scolaire, mais des événements des chantiers de construction. Ils ont mentionné des termes que je n'ai pas compris. Tout était beau dans leur histoire, même si je savais qu'ils exagéraient.

Ce soir-là, j'ai décidé d'essayer demain de convaincre mon père de me laisser aller travailler à Zagreb, et de travailler et d'aller à l'école en même temps.

Je n'ai pas dormi de la nuit. Je voulais travailler et gagner de l'argent. Je serai utile à tous. Je vais aider ma mère et mon père à vivre plus facilement. J'achèterai beaucoup de choses à ma mère. Je lui achèterai son réfrigérateur et bien d'autres choses.

Mon père est arrivé le matin de Zenica. Il était fatigué et un peu ivre. Il s'est endormi. J'avais hâte qu'il se réveille pour pouvoir lui annoncer ma décision de travailler et de gagner de l'argent pour nous tous.

- Allez-y. Je ne suis pas contre. Mais attention ! me dit-il avec précaution, car il savait ce qui allait se passer.

J'étais heureux et je suis allé voir Refko pour lui annoncer la bonne nouvelle. Il était également heureux et me l'a dit :

- Nous y allons demain. J'ai demandé à Numa de t'emmener et il m'a dit que tu pouvais venir avec nous. Vous aurez le même salaire que moi. Vous travaillerez avec nous. Ce n'est pas difficile. Vous verrez.

J'ai couru vers ma mère pour lui dire que je partais travailler demain, et qu'elle me préparait un sac avec mes affaires. Elle était heureuse, mais elle m'a ensuite dit d'une voix presque éplorée :

- Je suis heureux d'avoir vécu assez longtemps pour voir ce moment où mon fils commence à travailler, mais ce n'est pas pour vous. Tu dois aller à l'école et t'éduquer, et tu ne dois pas travailler sur un chantier de construction. C'est un travail difficile pour mon fils.

- Mère, ce n'est pas difficile. Laissez-moi essayer. J'irai avec mes amis à Zagreb.

Mon sac était lourd car maman avait préparé et mis dans le sac beaucoup de pantalons, de chemises et de caleçons. Elle m'a aussi préparé de la tarte, du poulet, des biscuits... La route sale de Bobare semblait plus longue qu'auparavant.

La nuit est presque tombée lorsque nous approchons de la gare routière. La gare routière se trouvait près de l'école où nous avons laissé nos plus beaux souvenirs, nos plus belles chansons écrites à certaines filles, nos meilleurs vœux, nos rêves et nos examens difficiles.

Nous avons voyagé avec le bus de Bosna-Express, et notre voyage est passé par Banja Vrućica, puis par Doboj et Bosanski Brod, et enfin nous sommes arrivés à Zagreb. Le bus était rempli de passagers, de leurs sacs et de leurs affaires. Il faisait très chaud dans le bus, et j'étais anxieuse à cause de mon nouveau travail et du salaire que j'allais gagner.

Zagreb était une grande ville illuminée par des milliers de lumières. Je n'avais entendu parler de Zagreb que par les histoires que les gens racontaient, mais j'ai enfin pu la voir de mes propres yeux.

J'étais enthousiaste à l'idée de découvrir Zagreb pour la première fois.

- Nous allons maintenant prendre le tramway, puis Sesvete - m'ont dit mes amis. Sesvete était l'un des nombreux quartiers de Zagreb, et Sesvete était rempli de travailleurs de Bobare. Les habitants de Bobare ont pratiquement construit Sesvete eux-mêmes, principalement grâce à un travail manuel difficile.

J'ai vu le tramway pour la première fois de ma vie. Il était long comme... cinq bus reliés entre eux.

Tout était beau et agréable jusqu'à ce que nous arrivions enfin à notre baraquement. Ainsi, tous mes rêves ont été anéantis en un instant.

Le baraquement était une immense cabane en bois dans laquelle dormaient une vingtaine d'ouvriers du bâtiment. Elle était située à l'extrémité de la ville, dans un terrain marécageux où l'herbe était presque aussi haute que la caserne elle-même. Le baraquement était divisé en deux parties, chaque partie avait 10 lits et il n'y avait qu'une seule lumière au milieu du baraquement.

Le sol de la baraque était en bois, comme toute la baraque. De la terre, des briques et du sable entouraient la caserne.

La rencontre avec cette caserne a détruit mes illusions sur mon nouveau travail, mon avenir, ma carrière...

Il y avait peu de monde et tout le monde cherchait à faire des affaires.

Les chaussures "Adidas", les jeans et les t-shirts "Lacoste" que mes amis portaient si fièrement lorsqu'ils venaient à Bobare sont désormais rangés dans leur garde-robe et ne seront probablement portés que lorsqu'ils viendront à Bobare la prochaine fois.

Nous étions épuisés par le voyage et nous nous sommes rapidement endormis, mais je me réveillais souvent, en partie à cause des camions qui déchargeaient quelque chose autour de notre baraque, et aussi à cause de la mauvaise odeur dans la baraque et des moustiques qui venaient du marais.

À l'approche de l'aube, quelqu'un a ouvert la porte et nous a crié dessus :

- Allez les gars ! Nous avons du pain sur la planche !

Nous nous levons tous et revêtons nos combinaisons de travail et nos bottes. Ils ont pris leurs outils derrière la baraque. Le chantier se trouve à une centaine de mètres de la caserne. En fait, nous étions en train de construire une grande maison.

Je faisais partie de l'équipage de Mehmedalija. Mehmedalija était un homme de grande taille, et il mesurait plus de 2 mètres. Il était le chef de l'équipe qui travaillait avec le béton, et les ouvriers du béton étaient presque comme des esclaves sur le chantier de construction. Nous déchargions le béton, creusions les canaux, chargions les ordures dans le camion, et nous faisions les travaux les plus difficiles. Moi, un grand garçon aux cheveux bouclés, avec une goutte d'eau dans l'oreille droite et portant un t-shirt avec des noms de groupes de rock comme Rolling Stones, Zeppelin, ACDC, Beatles, j'étais différent des autres et je sentais qu'ils me regardaient avec désapprobation.

- Toi, Baja, tu déchargeras le ciment avec Sehid ! - m'a ordonné mon chef d'une voix furieuse en me montrant le camion jaune sur lequel je pouvais lire le nom de l'entreprise : Cementara Kakanj.

Nous avons déchargé du ciment juste avant le petit-déjeuner. C'était très difficile, car il y avait cinq cents sacs dans le camion, et chaque sac pesait environ cinquante kilos, de sorte que nous avons déchargé 25 tonnes. J'étais couverte de poussière et de saleté, et je me souviens des paroles de ma mère :

- Ce n'est pas pour toi, mon fils, tu devrais aller à l'école.

- C'est trop difficile pour toi - j'entendais ses mots alors que je me dirigeais vers la caserne pour prendre mon petit déjeuner.

Une grosse femme, vêtue d'un manteau blanc, se tenait au coin de la baraque et nous donnait notre part de nourriture qui consistait en du pain et du riz. J'avais l'air confus.

- Es-tu un nouveau venu ici ? me demanda la grosse femme.

- Oui, je le suis - j'ai répondu.

- Il y aura de la "repete", n'aie pas peur ! - me dit-elle en me donnant l'assiette avec la nourriture.

Je me suis assis au bout de la table et j'ai demandé à Sehid de parler doucement :

- Qu'est-ce que le "repete" ?

Il a ri et m'a répondu :

- Cela signifie que vous pouvez obtenir une portion supplémentaire.

J'ai regardé l'assiette d'une propreté douteuse et j'ai imaginé ma mère assise sur le canapé, me disant : - Ce travail n'est pas pour toi, mon fils. C'est difficile et vous vivrez dans un monde étranger.

Je me souviens des plats délicieux qu'elle préparait pour moi, et de toutes les sucreries et biscuits que j'appréciais.

- Allons-y, mon vieux ! me dit Sehid en me poussant.

J'ai mangé mon repas et j'ai suivi Sehid tout en mangeant le pain que j'avais pris et que je cachais à mon chef.

- Le matériel est arrivé ! - nous a-t-on dit. - Où sont les deux personnes qui ont déchargé le ciment ? Ils vont maintenant décharger le matériel.

Sehid m'a également dit que je devais faire attention aux habitants locaux appelés "Zagorci", car ils ont un mauvais caractère et sont en colère.

- Ok - je lui ai dit, j'ai pris le matériel et j'ai commencé à le décharger. Au début, j'avais l'impression que ce n'était pas lourd, mais à la fin de la journée, j'étais fatiguée comme jamais auparavant.

C'était mon premier jour de travail, et j'ai travaillé quatre heures supplémentaires. Je travaillais de 19 heures à 7 heures du matin, et pendant tout ce temps, je ne mangeais que deux assiettes de riz et un peu de pain, ainsi que quelques litres d'eau chaude et sale.

Derrière la baraque, il y avait deux barils d'eau placés sur les hauteurs. Ils appelaient cela une salle de bains. L'eau se réchauffe au cours de la journée. Si je suis en retard, je dois me laver à l'eau froide, voire rester sans me laver.

J'ai réussi à trouver le shampoing, le savon, les vêtements et la serviette que ma mère m'avait préparés, puis je me suis lavé et j'ai mangé la tarte et le poulet que ma mère m'avait préparés. C'était presque le

crépuscule. J'entendais au loin le chant des grenouilles. Je pouvais également voir le train et les fumées des entonnoirs industriels.

C'était mon premier jour de travail. C'est ainsi que j'étais censé travailler tous les jours du mois, sauf un ou deux week-ends, juste pour rentrer à la maison et frimer avec mon jean, mes chaussures "adidas" ou mon t-shirt "Lacoste".

C'est ainsi que travaillent nos "gastarbajteri", et nous appelons "gastarbajteri" ceux qui travaillent tout un mois à ce travail difficile juste pour rentrer à la maison et frimer avec leurs nouveaux vêtements. Est-ce là la vie que je souhaitais tant vivre ? Est-ce la vie que je voulais et pour laquelle j'étais prête à quitter l'école ?

C'est la pire des souffrances humaines. C'est de l'esclavage. Ce n'est pas une vie. Je devais travailler tous les jours et être couvert de poussière et de saleté juste pour gagner mon petit salaire.

Comme ça... ?!

J'ai été déçu par cette vie et je suis resté longtemps assis derrière la baraque à réfléchir et à essayer de décider ce que je devais faire. J'ai mangé de la tarte et le poulet que ma mère m'avait préparé.

Le soleil qui se lève sur la colline perturbe mes pensées.

C'est le début d'une nouvelle journée. Je suis allé à la caserne, j'ai ouvert la porte et j'ai crié :

- Allez les gars, c'est l'heure ! Réveillez-vous !

Tout le monde s'est levé, a pris ses outils de travail et ses bottes et s'est mis au travail.

J'ai rassemblé mes affaires, je les ai mises dans le sac et je suis rentré chez moi. J'ai décidé d'aller à l'école secondaire.

Sehid, Refko et Selim y sont restés. Ils travaillent encore aujourd'hui à Zagreb. Et pourtant, ils prétendent que leur travail est bon.

Je suis rentré chez moi avec mes vieux vêtements en mauvais état, et je n'ai pas gagné de nouveaux t-shirts "Lacoste" ou de nouvelles chaussures "Adidas".

Et Dieu merci, je ne l'ai pas fait ! J'ai choisi d'aller à l'école et d'améliorer mon éducation.

Svjetlana

Chaque année, le même mois, Svjetlana venait avec ses parents rendre visite à sa tante à Bobare. Elle a terminé sa première année d'école secondaire à Sarajevo et était une belle et jolie fille.

Nous, les garçons du village, ne pouvions même pas rêver d'elle, car c'était une fille de la ville. Cela signifiait que ses belles chaussures étaient plus chères que tous les vêtements que j'avais. Sa mini-jupe rouge, qui laissait entrevoir ses belles et longues jambes, était plus appropriée pour des top-modèles parisiens. Francfort et Milan que pour une jeune adolescente de Sarajevo. Des parfums et des rouges à lèvres coûteux l'ont tenue à l'écart de tous les garçons du village.

Lorsqu'elle se rendait dans un magasin voisin pour acheter quelque chose, c'était une fête pour nos yeux. Nous avons tous arrêté de jouer au football et nous l'observions pendant qu'elle, vêtue d'un pantalon court et d'un décolleté attrayant, cherchait où marcher sur la mauvaise route du village. Parfois, nous la sifflions ou lui disions quelque chose. Elle a réagi en nous ignorant et en continuant à marcher, sachant que nos yeux sont rivés sur ses lèvres, ses seins et ses belles jambes. Ses cheveux blonds onduleraient comme les champs de céréales sans fin.

À cette époque, je suis allé à l'école secondaire. J'ai terminé ma deuxième année au lycée de Doboj et j'ai été batteur dans le groupe de rock "Atomic sound". Pendant les vacances d'été, nous avons organisé quatre mini-concerts. Nous étions censés jouer lors des fêtes de Kaloševič, Mrkotič, Piljužiči et Pridjel. Nous jouions surtout du heavy rock. Nous avions des cheveux longs, des gouttes pour les oreilles, etc.

À l'époque, les groupes les plus populaires étaient les suivants : Rolling Stones, Deep Purple, Zeppelin, Yuraya Hip, ACDC, et les groupes nationaux populaires étaient : Bijelo dugme. Jagode, Parni valjak, Riblja čorba, Indexi, Atomsko sklonište. Yu grupa etc...

Une fête a été organisée demain soir à Kaloševič. Svjetlana sera sûrement là, et j'ai commencé à penser à quelque chose, mais je me suis vite arrêté.

- Comment pouvez-vous y penser ? - J'ai parlé avec moi-même. - Tu n'es pas à la hauteur de Svjetlana.

La fête à Kalošević a été très bonne. Il y avait quelques centaines de garçons et de filles, et après chaque chanson que nous terminions, ils criaient :

- Nous voulons "bitanga", nous voulons "bitanga" !

"Bitanga i princeza" était à l'époque une chanson très populaire de "Bijelo dugme", et nous avons répété cette chanson pendant près de vingt jours.

Nihad commençait la chanson, puis Mućo chantait : "Luda noć ! Ja sam momak na lošem glasu...".

Après cela, la foule se déchaînait, levait les mains en l'air et chantait la chanson avec nous. Plus tard, nous avons joué plusieurs chansons de musique pop, puis nous avons fait une pause.

- Cette fille blonde à la jupe courte qui se tient près de la porte t'a dit de te dépêcher parce qu'elle t'attend - un drôle de garçon m'a dit cela et il s'est enfui pendant que je préparais mes tambours. Je l'ai regardée et je ne pouvais pas croire ce que je voyais.

Svjetlana se tenait là !

Elle se tenait près de la porte et me souriait. Je me fige presque. J'ai senti que je devenais aussi rouge que sa jupe. Même si j'étais confus, j'ai commencé à marcher vers elle. Je marche et mes jambes sont lourdes comme de l'acier. Mon cœur battait la chamade et l'adrénaline augmentait.

Dès que je me suis approché d'elle, elle m'a pris la main et nous sommes sortis dans la chaude nuit d'août éclairée par le clair de lune. Pendant qu'elle me touchait avec sa main, je sentais toutes les courbes de ses seins chauds et l'odeur de son parfum.

- Je t'aime bien. Tu es beau - m'a dit Svjetlana en se tournant devant moi comme une ballerine. Ses mains blanches étaient autour de mon cou, puis j'ai senti du feu sur mes lèvres.

Aujourd'hui encore, je peux sentir et me rappeler le parfum de Svjetlana.

De ma main tremblante, je l'ai serrée dans mes bras et je l'ai kis sed en veillant à ne pas la blesser d'une manière ou d'une autre.

Svjetlana, comme toute autre fille expérimentée, m'a poussé sur la voiture voisine et m'a embrassé avec toute sa passion. J'ai senti son corps, son odeur... Tandis que les mains de Svjetlana exploraient mon corps, elle m'a embrassé comme jamais auparavant.

Puis j'ai entendu le son de la guitare de Niho, ce qui signifiait qu'il était temps pour moi de monter sur scène avec mon groupe. Mais Svjetlana ne voulait pas me laisser partir...

J'ai également entendu la guitare de Sule.

- Je dois y aller - je lui ai dit et je suis allé sur la scène. Et encore, mes jambes étaient lourdes. Lorsque je me suis assis pour jouer de la batterie, je ne pensais qu'à Svjetlana et à ses baisers.

Je ne savais pas comment je jouais de la batterie. J'ai aussi remarqué que mes amis me regardaient. Nous nous sommes regardés comme si quelqu'un ne jouait pas correctement.

- Êtes-vous fou ? Que faites-vous ? Tu as mal joué plusieurs fois ! - Sule m'a crié dessus, et Nihad aussi.

Je les ai juste regardés. Je suis sorti de la scène pour chercher Svjetlana. Elle n'était pas aux portes comme je le lui avais dit.

Je suis sorti et elle n'était pas là. Elle a tout simplement disparu.

- Où est Svjetlana ? - ai-je demandé à sa cousine.

- Elle a choisi le vrai garçon. Elle a dit qu'elle ne voulait pas être avec une fille comme toi. Elle veut un vrai homme. - m'a-t-elle dit et elle s'est dirigée vers la foule.

J'étais seule dans la nuit d'août pleine d'un clair de lune argenté. J'ai eu des vertiges. J'ai eu le sentiment que quelque chose de difficile s'était écrasé sur moi.

Qu'ai-je fait de mal ? Pourquoi m'a-t-elle appelé pour ensuite m'abandonner ? Qu'est-ce qu'elle n'a pas aimé ? me suis-je demandé. J'ai été prudent avec elle. Je n'ai pas été agressif, car je ne voulais pas l'offenser. Je ne voulais pas qu'elle dise : "Ce garçon du village n'a jamais eu de fille auparavant". J'ai été gentil avec elle et elle est partie. Puis j'ai fait le ménage dans mes pensées et je me suis dit : - Tu ne recommenceras pas la fille de Sarajevo. La deuxième fois, je vous donnerai ce que vous voulez. Je vais vous montrer qui est le vrai homme !

Après plusieurs années, j'ai rencontré Svjetlana à Banja Luka. Elle travaillait comme serveur. De plus, elle n'a jamais terminé l'école secondaire. Les gens disaient qu'elle s'était écartée du "bon chemin". De sa beauté d'antan, il ne reste rien. Elle avait l'air d'une femme abandonnée dont personne ne s'occupe. Elle n'était pas mariée, mais elle avait deux enfants.

Aujourd'hui, je me rends compte que cette rencontre avec elle et les baisers à Kalošević ont été la première expérience d'un garçon et la première leçon à apprendre.

Le feu

Quelque part au loin, sur les collines de Borje et de Krajina, les arbres centenaires s'étiraient vers le ciel, et le soleil les illuminait ainsi que la vallée fertile de Pousorje, à travers laquelle on pouvait entendre la belle voix de mujezin.

Haut dans le ciel, l'infatigable faucon appelle sa femelle.

C'était vendredi. Le Džuma-namaz touchait à sa fin.

Avec ses cheveux blonds bouclés, Sejo, un grand garçon, m'a semblé avoir grandi en une nuit. Il enlève les cheveux qui gênent son regard.

C'était le garçon qui ne pleurait jamais, mais j'avais l'impression qu'il pleurait maintenant. Je me suis rapprochée de lui.

Hamdija l'a également suivi. Ils sont tous deux entrés dans la cour de la maison. Ils pleuraient.

- Mon Dieu, que s'est-il passé ? - Je réfléchissais en m'approchant d'eux.

- Que s'est-il passé, pourquoi pleurez-vous ? - leur ai-je demandé.

- La cabane de Habet a été détruite par le feu ! - m'ont-ils dit en pleurant et en regardant le sol devant eux.

Ils pleuraient à cause de la douleur pure. J'ai eu l'impression qu'ils essayaient d'éteindre le feu avec leurs larmes. Même le chien Kiba aboyait comme jamais, tout en essayant de se libérer de la longue corde que mon père lui avait mise.

Je me souviens de tous les événements que nous avons vécus dans la hutte de Habet.

Puis j'ai commencé à pleurer et j'ai senti les larmes sur ma joue. Nous étions là, perdus dans le temps, et nous ne sentions pas la chaleur du soleil qui était à son apogée.

Nous avons passé notre enfance dans la cabane de Habet. Où que nous voulions aller et quand nous revenions de quelque part, la cabane de Habet était notre "point de ralliement".

Il m'a semblé qu'avec la destruction de la cabane de Habet, tous nos bons souvenirs d'enfance ont été détruits.

Je me suis souvenu de ma première rencontre avec la cabane de Habet, lorsque son propriétaire Adem-Habe nous a attaqués parce que nous volions le bois de sa cabane, et je me suis également souvenu de la façon dont je suis tombé amoureux d'Esma, la petite-fille de Habet, dans cette même cabane.

- Qui l'a brûlé ? - leur ai-je demandé, en levant mon regard pour pouvoir les voir. J'ai vu Sejo et Hamdija de manière floue.

À ce moment-là, les souvenirs ont refait surface et je me suis souvenu des jeux que nous faisions dans cette cabane, de la nourriture que nous y préparions, de la bagarre avec les garçons de Piljužići et de la belle Esma qui venait très souvent dans cette cabane à cause de moi.

Sejo et Hamdija étaient debout et pleuraient en regardant leurs vieilles bottes. Les larmes ont laissé des traces sur leurs visages.

- Qui l'a brûlé ? - leur ai-je demandé à nouveau.

- Caco et ses amis ! - Sejo m'a répondu.

Une fois de plus, l'image d'Esma m'est revenue à l'esprit, ainsi que celle de Caco qui essayait de gagner son amour, sans succès. La dernière fois que j'ai passé du temps avec Esma dans la hutte de Habet, elle m'a dit que Caco lui avait dit qu'elle ne devait pas être avec moi parce qu'il la voulait.

- Alors, tu l'aimes ? - lui ai-je demandé alors qu'elle était dans mes bras.

- Non, je t'aime ! - m'a-t-elle répondu alors que sa voix emplissait la case de Habet.

- C'est donc ce qui s'est passé ! - J'ai répondu à Sejo et Hamdija.

Ils m'ont regardé sans rien dire. Nous sommes restés longtemps debout.

Nous nous sommes simplement regardés. Nous n'avons pas parlé.

A propos de l'auteur

Bajruzin Hajro PLANJAC

Bajruzin Hajro PLANJAC, romancier, poète, narrateur, rédacteur et éditeur, est né le 19 mars 1961 à Bobare, près de Tešanj, où il a terminé l'école primaire, l'école secondaire de métallurgie, l'école de la circulation et l'école des métiers à Doboj. Il est diplômé en journalisme de l'Institut yougoslave de journalisme, à Belgrade.

Il est diplômé en économie de l'université d'économie d'entreprise de l'université paneuropéenne APEIRON, à Banja Luka. Il a obtenu un master à l'université d'administration de Travnik, où il a également obtenu son diplôme de docteur. Il a soutenu sa thèse sur le thème "Facteurs affectant le développement des petites et moyennes entreprises en Bosnie-Herzégovine". Peu de temps après, il a obtenu un diplôme d'associé en administration et organisation . Sa carrière a commencé en tant que travailleur physique à Technique, Zagreb. Il a ensuite travaillé comme assembleur dans une raffinerie de pétrole à Bosanski Brod, serrurier à Trudbenik, Doboj, machiniste à "The fourth September" Teslić, musicien dans un groupe de rock appelé "The atomic sound", régisseur, vendeur itinérant à la maison d'édition O. Keršovani, Opatija et à l'Institut graphique de Belgrade, officier dans l'armée de Bosnie-Herzégovine, journaliste au journal, à la télévision et à la radio, homme d'affaires, rédacteur en chef, directeur, consultant, professeur à l'université...

Dans sa jeunesse, il a formé, au siècle dernier, un groupe de rock appelé "Atomic sound", dans lequel il jouait de la batterie. Ce groupe a joué lors de fêtes et de soirées dansantes, dans la région de Doboj.

Il a également été acteur dans une série télévisée populaire intitulée "Visa pour l'avenir", où il jouait le rôle d'un homme riche, Habet.

Il a créé la communauté littéraire STUDENAC, dans sa ville natale, en 1988, qui s'est ensuite transformée en maison d'édition Mak Dizdar, puis en maison d'édition PLANJAX, qui célèbre cette année 35 ans de travail fructueux et qui est l'épine dorsale du groupe PLANJAX.

Il est marié à sa femme Medina. Il a trois enfants. Alen, diplômé en ingénierie graphique, est propriétaire des produits PLANJAX à Tešanj et PACK2GO à Zagreb. Muamera, professeur et directeur du Centre d'éducation des adultes EDUKA BH. Mirza, licencié en économie, directeur de la maison d'édition PLANJAX.

Avec un groupe d'hommes d'affaires de Tešanj, en 1996. Il a fondé une banque KOMERC, plus tard la banque ABS, qui a été acquise par la Sparkasse
. Il a fondé, avec six autres hommes d'affaires, en 2012, une société d'alliance commerciale, un centre d'affaires, Jelah-Tešanj, et il a créé et organisé la première foire commerciale internationale, qui va fêter un jubilé - vingt ans d'existence.

Il a fondé le Centre d'éducation des adultes en 2017. EDUKA BH, situé à Bobare, Tešanj, à Sarajevo, dont il a été le premier directeur. Ce centre dispose d'une école de médecine et de circulation pour adultes et d'une formation professionnelle pour une cinquantaine d'autres professions.
Il a fondé, en 2022. Avec Šimo Ešić, prof. dr. Vildanom Pečenković et prof.dr. Mirzanom Pašić-Kadrić, Institut de littérature pour enfants, en Bosnie-Herzégovine.

Il a fondé, en 2023, avec sa famille, une Fondation pour la connaissance et l'éducation, qui a pour but principal d'affirmer et de populariser la connaissance et l'éducation, et d'accorder une bourse à des étudiants talentueux.

En 1988, il a créé MAK, un journal de communication commerciale qui a été publié pendant près de deux ans et dont il était le rédacteur en chef.

Il a créé un bulletin d'information, TEŠNJAK, un journal indépendant, une revue énigmatique, Skandi PLANJAX, Skandi ĐERDAN, Enigmatic ĐERDAN, Special ĐERDAN, qui sont publiés depuis près de 25 ans et distribués en Bosnie-et-Herzégovine.

Il a créé EXKLUZIV pour les échecs, pour lequel les plus grands noms du monde des échecs ont écrit.

Il a créé en 2004 le PLANJAX AWARD FOR THE BEST POETRY BOOK IN BOSNIA AND HERZEGOVINA, d'un montant de 5 000 KM et d'une plaque. Les lauréats de ce prix sont : M. Stojić, M. Delalić, D Džamonja, I.Kajan, K. Mahmutefendić, A. Brka, et H. Hajdarević.

Il a créé le prix littéraire PLANJAX FEATHER, récompensant la meilleure histoire pour les jeunes et les enfants, qui existe depuis dix ans et dont les lauréats sont les écrivains pour la jeunesse les plus importants de Bosnie-Herzégovine. Il a créé le PLANJAX AWARD FOR THE BEST BOOK FOR YOUNG PEOPLE- CHILDREN SMILE, qui représente également 5.000 KM, une plaque et le nom gravé dans un rocher qui se trouve dans un parc de poètes.

Il a créé un prix littéraire international Musa Ćazim Ćatić, pour une contribution à la littérature, un prix littéraire Ramiz Brkić, pour le meilleur livre de littérature dans la maison d'édition PLANJAX et un prix littéraire Smail F. Terzić pour une contribution polyvalente à la littérature. Il a créé la bibliothèque municipale de Tešanj, LEGACY of Bajruzin Hajro Planjac, qui compte environ 4 000 exemplaires de livres et autres documents. Il a fait don d'une bibliothèque à Maglaj avec environ 2 000 livres et à Potočari - 1 000.

Afin de mettre en valeur les livres et les auteurs, il a créé une ALLEE DES ECRIVAINS, avec 35 arbres devant l'école de Bobare, où leur arbre de la mémoire comporte également les écrivains les plus importants de Bosnie-Herzégovine, dont il a édité, publié et estampillé les livres. Universitaires : A. Gojer, A. Sidran, S. Kulenović, G.Šljivo, te N. Ibrišimović, Š. Ešić, M. Vešović, I. Kajan, I. Spahić, S. Kurtić, I. Kobaš, R. Džafić...

www.ingramcontent.com/pod-product-compliance
Lightning Source LLC
LaVergne TN
LVHW041535070526
838199LV00046B/1678